I coralli

Tutti gli schemi presenti in questo libro sono stati disegnati da Carolina Vecchioni

www.einaudi.it

ISBN 978-88-06-24809-3

Roberto Vecchioni

Lezioni di volo e di atterraggio

Einaudi

Lezioni di volo e di atterraggio

Oh, Sergio non ho tempo di scriverti,
ma d'altra parte non ti ho scritto mai,
oh, sí, di cose qui ne succedono,
ma ci illudiamo d'inventarle noi:
siamo un passaggio di allodole:
con un colpo andiamo giú,
mentre cerchiamo di scegliere
se volare a nord o a sud...
e gli anni indietro, e gli anni Sergio,
e quando c'eri tu...

Volo

Con un ramo disegnai per terra:

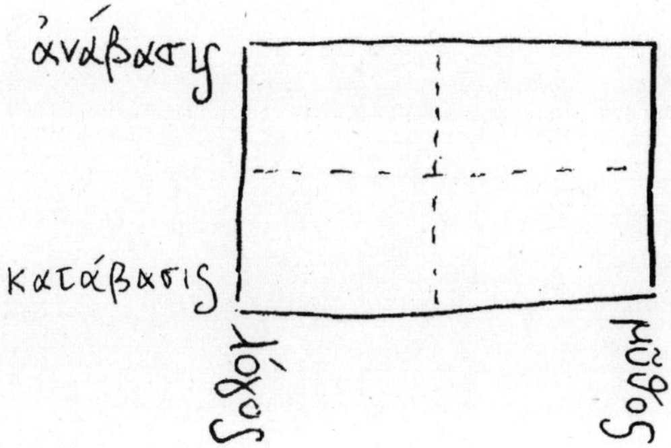

Chiesi ai ragazzi:
– Cosa ne pensate?
– Che questo libro non lo comprerà nessuno.

Atterraggio

Lui è pazzo, ne abbiamo le prove.

Ce ne siamo resi conto quasi subito.

Lui non insegna: conversa d'infiniti mondi e progressivi come se discutesse di regole del Monopoli e di come cambiarle.

C'è e non c'è. È qui, ma è anche fuori che batte sui vetri delle finestre per entrare.

Insegna come se le cose che ci dice le sapessimo già e dovessimo solo ricordarle.

Ci porta fuori.

Dove? Generalmente al Parco Sempione. «Si va» è il segnale. Si arriva e ci si mette sparsi, chi in piedi, chi sdraiato, chi in braccio a qualcun altro, il piú lontano possibile da biciclette, mamme con le carrozzine, coppie in calore e fumatori solitari. A volte arriva un cerchio di plastica e poi il cane e poi il padrone.

Si partiva da una parola a caso, ad esempio «stella», e poi in un gioco di libere associazioni, un domino inaspettato, passaggio dopo passaggio si andava a sbattere sempre lí, nell'arte, nella letteratura, nel pensiero laterale. Era lui a trascinarci dove voleva. E quando ci arrivava era come se ci prendesse le carte di mano e le rimischiasse, le girasse sul prato e diventassero, da francesi che erano, napoletane.

Lui le chiamava «giornate di follia».

Quando cominciò questo andazzo, anni fa, era tutto un guazzabuglio e un recitar a soggetto, ma nel tempo le carte si mise a prepararle prima, dandoci indizi di dove saremmo andati a cacciarci. Capimmo il gioco, diventammo invincibili: no, non nel senso di battere qualcuno a qualcosa. Invincibili a stravolgere le idee preconfezionate, le opinioni comuni, a farcire la storia e il pensiero umano di possibilità parallele, ci passavamo l'un l'altro un gomitolo non da sciogliere ma da aggrovigliare: smontavamo per rimontare da un'altra parte in altra forma, fili invisibili ci portavano altrove, come se il reale fosse solo una delle possibilità e il fantastico altrettanto reale, parallelo all'infinito, forse.

Non era poi 'sto gran figo.

Con gli oggetti ci sapeva fare poco. Tra lui e gli oggetti c'era un conflitto aperto, non erano mai dove credeva che fossero e si stupiva che cadessero. Diceva una frase e non ricordava di averla detta, in realtà dimenticava tutto, parole e cose: accendini, sigari, registri, portafoglio. E bisognava rincorrerlo.

Il primo giorno arrivò con un mazzo di fiori. Pensavamo che fossero per noi. Erano per sua moglie, ci disse, glieli aveva comprati alle sette perché all'uscita da scuola i fiorai erano chiusi.

Aveva la mania di scrivere canzoni, lo scoprimmo subito. Ma non erano vere e proprie canzoni, erano litanie senza capo né coda di cui non fregava niente a nessuno. Né a lui fregava qualcosa che non gliene fregasse agli altri.

Poi diventò quasi famoso, con la storia di un soldato, di un cavallo e della morte. Se l'era andata a cercare tra la Bibbia, *Le mille e una notte* e i nativi americani, se l'era tirata da intellettuale. Lui voleva parlare dell'ineluttabilità del destino, ci disse, ma la presero tutti come una filastrocca per bambini. Vendette uno sproposito. Fu un trauma: «Un caso sfortunato, non si ripeterà piú». E infatti ripiombò subito nel buio della disattenzione generale, felice di non essere capito.

L'ultima ora del sabato chiudeva baracca e burattini e ci chiedeva, serissimo, di pronosticare partite e di giocare la schedina di classe. Non per vincere, era chiaro, con tutti i 2 che ci faceva metter su. Era un suo coraggioso endorsement all'improbabile, all'impossibile. Mica si parte per arrivare. Attardarsi, fermarsi ai bar, nelle librerie, entrare in negozi dove non comprerai niente, fare crocchio, perdere tempo, che poi non perdi niente perché il tempo non esiste. E infatti all'ingresso in aula dovevamo consegnare gli orologi.

Una volta arrivò in ritardo con una donna nuda in macchina. Lui scese trafelato, lei ripartí. Noi non c'eravamo ancora, è una storia che si tramanda da generazioni. Doveva essere andata piú o meno cosí, dicevano i piú informati: lei è sull'uscio a salutarlo, le si chiude la porta alle spalle, non può piú rientrare. Lui deve correre a scuola. Per non lasciarla nuda sul pianerottolo la carica in macchina, le mette addosso il gilet arancione, parte, arriva, smonta, si affida all'invisibilità, dimenticandosi che ciò che è razionale è reale e ciò che è reale è razionale.

Dare voti non gli piaceva per niente, faceva di necessità virtú. Era comunque rarissimo che andasse oltre al sette. «Valgo sí e no otto meno io». Fu un evento quando Vecellio prese un nove in una traduzione da Livio, nemmeno poi cosí esaltante. Ci stupimmo un po' che con tutti quei segni rossi avesse preso quel voto. Molto timidamente chiedemmo ragioni. «Ha usato un avverbio in modo sublime», fu la risposta.

Agli scrutini però i voti li alzava a tutti e non andava mai sotto il cinque.

Per le interrogazioni aveva inventato una specie di bonus: dieci volte all'anno, di fronte a una domanda che io chissà come me la cavo, ci si poteva avvalere della formula: «Mi appello alla facoltà di non rispondere».

A volte dava inavvertitamente i voti a se stesso. Domandava e noi scena muta. Cosí partiva lui a raccontare, bla bla, la rava e la fava. Alla fine ci guardava e diceva: «Bravo, sette». Ma gli è capitato di darsi anche dei cinque.

Lui e noi diventammo una cosa sola. Niente paternalismi, non si trattava di questo. In quei cinque anni ci eravamo legati in un sentimento del mondo solo nostro. Sapevamo di non sapere e in questo non sapere c'intrufolavamo con tanto di caschi, corde, pale, mappe corrette e ridisegnate in cerca di cunicoli, deviazioni, gallerie sommerse, grotte inesplorate, dove ogni crepa diventava un varco, e noi dentro a strabuzzare gli occhi davanti a stalattiti che gocciavano luce millenaria.

Un giorno arrivarono in classe due carabinieri e chiesero a Merisi di uscire. Sapevamo tutti perché. Lui si mise davanti alla porta: «Avete un mandato?» I carabinieri risero: «Professore, non serve, è solo per parlargli un attimo». «E allora vengo anch'io». Tornarono dopo mezz'ora. Li aveva convinti che Merisi non faceva uso di droga.

Una mattina gli chiedemmo qual era il suo ideale di donna. «Jeanne Moreau, – ci rispose, – Simone de Beauvoir, la Szymborska, Marija Gimbutas e Brigitte Bardot. Però con la Bardot non ci sarei mai andato a letto». «Chi è 'sta Gimbutas?» Pensavamo che si fosse inventato quel nome nascondendolo tra gli altri, era da lui: ci raccontò che grande inimitabile donna fosse Marija Gimbutas. Scappare dalla follia della storia, in Austria, col figlio in braccio. Scoprire una prima sconosciuta civiltà nata femmina e massacrata da nomadi a cavallo, sbugiardare e incantare tutte le università americane, il mondo che sarebbe stato «se», o meglio «se non».

Siamo forti, fortissimi. Abbiamo imparato a guardare fuori, oltre, immaginando dove ha casa la speranza, dove non lo vedi, ma eccome se c'è, l'amore. Abbiamo conversato col dolore, tenuto in mano il capo di un filo sapendo che dall'altro c'era qualcuno. E scomposto le apparenze, per mischiarle e riunirle in un nuovo quadro che non ci illuda ma ci esalti, ci entusiasmi, ci faccia sentire vivi.

Lui non l'aveva mai fatto. L'ultimo giorno si presentò con la chitarra e cantò una cosa scritta per noi, per salutarci. Parlava di sogni. Scademmo alla lacrimevole e degradante esperienza di *Addio, Mr. Chips!* e c'è chi se ne sta vergognando ancora adesso.

Non sappiamo bene se l'abbiamo amato, lui di certo era perennemente in amore. In amore con quello che ci diceva: gli brillavano gli occhi e gli andava su e giú la voce come in un canto. Navigava in un mare che altri, fuori, vedevano come una pozzanghera.

Ma la realtà la conosceva benissimo e sapeva ricordarcela: non abbiamo avuto meno degli altri studenti. Sulla realtà ci camminava a passi lenti o spediti, si fermava dove c'era da fermarsi. Sulle ingiustizie, le miserie, le libertà schiacciate. Ma non ci ha insegnato la realtà come l'unica verità. Lui ci ha insegnato l'altra, la seconda verità.

– Non fate troppo i modesti, avete capito benissimo, – risposi ridendo.
– È uno schema, una specie di planimetria. Di cosa? – azzardò Bencivieni.
– Io penso di saperlo, – si mosse la Fontana, – me lo lasci ridisegnare, – e mi prese il ramo dalla mano. – È un piano cartesiano. L'ascissa ci dà l'intensità massima del pensiero razionale fino a quella del pensiero mitico. Sull'ordinata si va dalla chiusura, dall'immobilismo penso personale e sociale, fino all'apertura, allo slancio verso l'alto. Cosí:

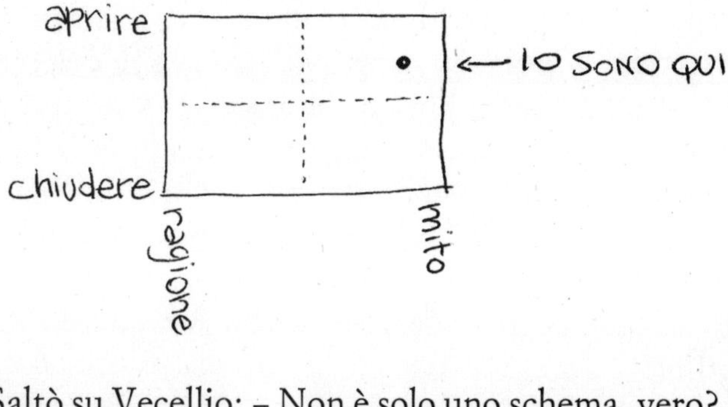

Saltò su Vecellio: – Non è solo uno schema, vero? Lei vuol dire che è una mappa di come intendere il mondo?
– E di come intenderci, Vecellio, perché ognuno di noi può collocarsi in un punto qualunque della carta.

I fuoriditesta, gli sconsiderati giú giú fino ai visionari, ai rivoluzionari, stanno sul vertice alto a destra. Provate voi, ora.

– Be', – s'inserí la Gentileschi, – in basso a sinistra i loro esatti contrari. Nessuna fantasia, cerchio ristretto, tendenza all'utile, al certo, al vero...

– Partiamo dal vero allora. Cos'è la verità?

– La verità è ciò che abbiamo sotto gli occhi, ciò che è tangibile, – fu pronto Sanzio, – ma anche quel che abbiamo provato e riprovato e conosciamo: l'atomo, la luce, i funghi velenosi, il teorema di Euclide...

– Ma pure quel che è bene e male, giusto e ingiusto, – buttò lí la De Lempicka.

– La verità è che noi siamo qui a parlare di verità, – interloquí Zorzi, – ma anche che amo mio padre e mia madre, che la legge è legge.

Tiravo la lenza.

– Che poi sia veramente vero tutto ciò è un altro paio di maniche. Potrebbe anche essere il sogno di un sogno, ma fa poca differenza... Cioè, anche se la verità fosse un sogno, quel sogno sarebbe vero –. Era la Carriera. La Carriera si portava sempre dietro la sua colomba e non ti staccava mai gli occhi di dosso.

– Bene, concordo, – dissi riprendendomi il rametto, – è assurdo e impensabile che non esistano queste verità. Ora, voi che la sapete lunga, volete provare a dirmi cos'è il mito?

Parlarono tutti insieme e dovetti chiedere un po' d'ordine.

– Vuole una definizione? – Era la Morisot, sottile come un giunco, voce flebile, occhi neri profondi. – *Mythos* è parola, racconto delle origini, del sacro, ricerca di un senso alle azioni umane e del loro fine, be'...

– Sí, – la interruppe Merisi, – ma è anche qualcosa di prelogico, è un andar a tentoni in forma di favola. Il mito è un modello universale, istintivo, di ogni civiltà, quando non si capiva una minchia si tirava a indovinare.

– Ma se fosse solo come dici, – gli rispose la Kahlo, – oggi non avrebbe piú ragione di esistere e invece esiste eccome. È in ciò che pensi irraggiungibile, che vuoi imitare, nelle utopie, nei maestri... pensa a quanti fans, a quanti adepti, a quanti illusi in giro, ma anche, e qui la cosa si fa seria, ai fedeli di tutte le religioni.

– Piano, piano. Prima distinzione, – tentai di chiarire. – C'è il mito classico e quello odierno, che possiamo chiamare «paramito». Il mito in sé è sempre sacro. Non c'è niente di sacro nel mettersi la maglietta di Maradona per sentirsi Maradona. Che siano di dei, di eroi, che tentino di spiegare istituzioni, rapporti, amori, diluvi, perché mi comporto cosí o cosà, sempre dal sacro partono. Voi dovete mettervi nei panni di gente che non comprende le stagioni, i parti, il dolore, 'sta palla di fuoco che va qua e là nel cielo, e se non se lo sa spiegare al proprio livello di realtà lo rimbalza piú in alto, perché in tutta questa confusione gli uomini hanno una paura fottuta. Devono in qualche modo dare un ordine alla realtà. E come la ordinano? Chi lo sa?

– La ripetono, – fu pronta la Morisot.

– È proprio cosí. Continuano a ripetere quello che dei e antenati hanno fatto la *prima volta*. Quella *prima volta* è la perfezione, l'ʀ̥ᴛə. Gli dei e gli antenati, gli eroi, i civilizzatori, i demiurghi, quelli che insomma gli hanno insegnato come fare. E come si chiama il rapporto tra questa presunta verità e l'atto di ripeterla, anzi riviverla?

Silenzio assoluto.

– La presunta verità si chiama, e lo sapete, mito. Rivivere il mito è «rito». Ma riviverlo preciso preciso, senza una virgola fuori posto, nessuna minima variazione, identici gesti, parole: come hanno fatto facciamo. Pena il fallimento, la fine. Pensate al rito che conosciamo tutti. L'elevazione dell'ostia è la puntuale, esatta ripetizione del gesto di Cristo. Non è una copia. È la stessa cosa a distanza di secoli, perché lí, nell'ostia, c'è proprio Cristo, non una sua effigie.

Forse per fortuna, in quel preciso istante si presentò Romolo. Romolo gestiva un chioschetto di bibite al parco. Scapolo, interista, con una medaglia di tiro al piattello appuntata sul cuore. Era un uomo corpulento, bonario, pratico, che però, come diceva con orgoglio, «aveva studiato pure il latino», e ci teneva ad ascoltare anche quello che non capiva.

Lo aspettavamo perché arrivava con le lattine per tutti, e gratis. Distribuiva, si accendeva una Nazionale e si appoggiava al platano, orecchie aperte, occhi sgranati proprio in faccia all'Arco della Pace. Aveva delle idee politiche piuttosto precise, Romolo.

Io non avevo troppa voglia di politica, in quel periodo. Se n'era appena andato un uomo che, quello sí, era un mito. Mi aveva lasciato un buco nel cuore grande come una voragine. Come quando arrivi a sfiorare il cielo e ti dicono che il cielo non c'è piú, provi da un'altra parte. E allora ti metti lí seduto ad aspettare che ne nasca un altro cosí, e ti ripeti che gli uomini non possono solo vagabondare dietro insegne vuote e che bisogna cercare, cercare: il campo è infinito, infinito per tutti è il grano e serve chi lo semina e chi lo raccoglie. Non sappiamo, non sappiamo niente, ma la speranza? E mi tornavano piú volte in mente i meravigliosi versi dove Prometeo dice «Io ho tolto agli uomini la paura della morte». E al corifeo che gli domanda come, risponde: «Ho messo nel loro cuore speranze cieche», che mi par di vederle, queste τυφλὰς ἐλπίδας, non illusioni, che un dio mica scherza, noi abbiamo gli occhi bendati, non sappiamo di un futuro, né quando sarà la fine, ma è proprio questo che ci riempie la vita di ogni immaginario possibile. Giriamo in una stanza al buio, sfioriamo, tocchiamo, rompiamo, ritroviamo oggetti, scivoliamo. Ma sappiamo che la porta c'è.

– Bene, – ripresi quando tutti si erano sbevazzati birre e Coca, – adesso viene il bello. Ora vi chiedo: che rapporto c'è tra mito e verità? Insomma, senza girarci troppo intorno, il mito è verità?

– No, prof, rispettiamo i suoi salti mortali con triplo avvitamento, ma casca male. Le abbiamo già detto cosa intendiamo per verità.

– Voi dunque credete che esista solo *quella* verità?

– Se vuol dire – riprese la Fontana – che il mito esiste, è tra noi, è un modo di sentire... fin lí sí.

– È proprio questo che non voglio dire. Il mito non è un'ombra smarrita, una versione incolore della verità. Il mito è un'altra verità, distinta. Buttiamola sul colto. I primi che ebbero questa intuizione, dopo le fumoserie rinascimentali, furono in parte Vico, e soprattutto due semisconosciuti: Charles-François Dupuis e Georg Friedrich Creuzer. Cito Vico: «Il mito vive di simboli originari che racchiudono l'eterna verità dell'uomo e del mondo cui però giungono solo l'intuizione immediata e non la scienza e il pensiero razionale». O, piú vicino a noi, Ernst Cassirer: «Il pensiero mitico ha segni e simboli di un proprio mondo e di un'esclusiva verità incomprensibili al pensiero logico». Fate attenzione: il pensiero mitico non ha tempo, non ha spazio, è adagiato su un eterno presente, nulla cambia, tutto è. Copritevi le orecchie, chiudete gli occhi, annullate ogni interferenza col sensibile, dimenticatevi Milano, la strada di casa, i compiti, i poster sulla parete. Avrete una pur minima percezione di quel che accade dentro di noi e non è storicizzato. È una verità senza prima e senza dopo, che non deve risposte a come mangiare, bere, litigare, vincere, perdere. Siete nel suo territorio, nella sua invisibile pianura. Ma scusatemi, voi considerate non veri i quadri di Kandinskij, le musiche di Stockhausen o i *Canti Orfici* di Campana, solo perché non corrispondono al reale? Dunque il reale non è l'unica verità. Poniamo il caso di una madre. Le hanno detto che suo figlio è disperso in guerra. Passano e ripassano gli anni, la ragione non dà scampo. La verità mitica della madre trasforma il figlio in un simulacro. Lui e lei hanno abbandonato il tempo e le sue certezze, ne sono fuori. Vivono in una loro sfera dove si capovolge il reale, ma la verità è altrettanto forte se non piú forte: il figlio è vivo.

– Ma è falso, prof, è solo un'illusione.

– *In-ludere*, entrare in un gioco. Un gioco serissimo, diverso il campo, le regole, il fine. C'è una verità che sdrucciola, si contorce, si nega e ricrea, muta al crescere dell'intelligibilità umana. E ce n'è un'altra ferma, ritta da millenni come una torre di difesa. Non si conoscono, non si salutano, non si conciliano ma esistono entrambe.

A questo punto Romolo, che se n'era stato buono buono ad ascoltare, si lanciò in uno scazzo liberatorio:

– Kattisky, Stocazzen, la mamma rincoglionita, a me sembra che vi state facendo delle gran pippe. Che gliene frega di queste puttanate a chi deve pagare le tasse o non ha un lavoro? O a una madre che porta il bambino a scuola, va in fabbrica, torna a casa e pulisce, prepara, cucina? E a chi ha le corna? E a chi sta per crepare?

– Tutto vero, – gli dissi, – ma ascoltami: puoi guardare un film senza capirlo? Puoi entrare in una grotta senza sapere che animale c'è dentro? Puoi andare contro un nemico che c'è, cazzo se c'è, l'hai detto tu, senza armi?

– A parte che nelle grotte ci entri tu, io mi faccio una casa, le armi che mi stai tirando fuori me le dà il cervello senza 'sto piripicchio piripacchio del mito.

– Giustissimo. Ma noi continueremo a tremare davanti alle grotte, a spremerci le meningi contro il nemico, spaccarci la schiena, comprare il comprabile inutile, tornare a casa ubriachi, pianger d'amore per sempre, se non capiremo prima da dove cavolo nasce tutto questo, perché esiste, che senso ha. La nostra ragione è come uno sconfinato cervello elettronico: davanti a un bivio sceglie ricordandosi come ha scelto prima, ma a furia di andare all'indietro a interrogarsi per non sbagliare arriva a un punto, un punto zero, dove di risposte non ce n'è piú, ammesso che non abbia già sbagliato in un momento qualunque e da allora abbia continuato a causare e far disastri. I segreti, quelli veri, sono tutti lí, in una fortezza impenetrabile da cui ogni tanto escono messaggeri a cavallo che sono scampoli di un mistero chiuso là dentro. Strappargli qualche parola, uno straccio d'indizio, questo è il nostro bisogno, il nostro dovere, Romolo, il nostro imperativo esistenziale.

– E quei cavalieri, – provò a chiedere Romolo, – verrebbero dal mito?

– Vengono dal mito, sí, e si chiamano emozioni, sentimenti, intuizioni. Nel mito c'è come un codice genetico dei comportamenti umani. Il mito li svela attraverso i tópoi.

– Pantegane? – ci prendeva in giro e voleva farci ridere.

– I tópoi sono una serie di situazioni ricorrenti. Il diluvio ad esempio, o le fatiche di un eroe. Noi qua non riusciamo a decifrarli per intero. Un pezzo prima, uno poi. Case nella nebbia. Sono come anguille prese per la coda che ci sfuggono di mano. Ti faccio degli esempi di cosa cerca di dirci il mito. Conosci la favola di Amore e Psiche?

– Be', sí, quella dell'Amore che porta la ragazza nel suo castello e se la scopa al buio per non farsi vedere, che poi non ho mai capito perché.

– Raccontala tu, De Lempicka.

– Sí. L'inizio è piú o meno cosí. È tutta colpa di Venere che non sopporta la bellezza di Psiche e si vuole vendicare. Sa che il tormento d'amore è il peggiore che possa capitare e allora spedisce Eros, il suo bellissimo figlio, per farla innamorare. Eros se la porta via e ogni notte la raggiunge senza mostrarle il volto. Ma Psiche non ci sta, muore dalla voglia di conoscerlo, e una di quelle notti, mentre lui dorme, gli avvicina una lampada, vede e sa. E qui comincia il disastro. Eros l'abbandona, Psiche vaga per il mondo in cerca di lui e invecchia, s'imbruttisce, s'ammala. Per ritrovarlo, le dice Venere sghignazzando, dovrai superare quattro prove, che sono quasi impossibili. Nell'ultima deve scendere all'inferno dove Persefone le consegna un'ampolla che contiene la bellezza, ma è una bellezza infernale. Tornata alla luce non riesce a resistere, apre l'ampolla e cade in un sonno di morte. Ma per fortuna non finisce qui. Eros la trova, la risveglia e la porta con sé tra gli dei per sposarla e viverci eternamente insieme.

– Bene, – dissi rivolto a Romolo. – Ti fa venire in mente qualcosa?

– A lume di naso *La bella addormentata nel bosco*.

– Sí, l'ampolla è il fuso, il sonno è identico, il bacio e il risveglio pure. Ma c'è pure *Biancaneve*: Venere è la regina Grimilde e l'ampolla è la mela. C'è il distacco degli innamorati come in *Cenerentola* e poi la torre, che la De Lempicka ha tralasciato, che vale il grillo parlante. Il vero volto sconosciuto di Eros ci riporta alla *Bella e la bestia*, al *Principe ranocchio*, e potrei continuare all'infinito. Be', questi, Romolo, sono tópoi, situazioni ricorrenti, segnali di quel che vuol dire il mito. Ci dice che l'amore è una montagna insormontabile, un'impresa, una continua iniziazione. Ci dice che Psiche, cioè l'anima, vuole conoscere, non le basta, come basterebbe a un corpo, darsi al buio. Che l'anima cerca motivi, non s'accontenta d'istinti animali. Vuole provare la gioia dell'incontro, sopportare il distacco, sentire l'euforia del ritorno, cadere, imbrogliarsi, smarrirsi e ritrovarsi e imitare il divino, perché altro non è per te l'amore, presenza del divino. Ma c'è di piú. Il viaggio è anche solo suo, di Psiche, della donna. La ragazzina smarrita che si dà senza sapere, senza conoscersi. Cosí l'anima confusa dai sensi non può veramente amare se prima non sa chi, con chi, perché. Tutta la favola di Psiche è pervasa da un prorompente desiderio di realizzazione di sé, d'indipendenza nelle avversità, nelle bufere. Psiche vuole dimostrare di farcela da sola. Dopo, solo dopo, ci sarà l'amore.

Romolo annuiva. Sapevamo tutti che le sue idee facevano un po' a pugni con tutto quel femminismo mitico. Avevo capito che il mondo al femminile lo spiazzava parecchio. Forse proprio per questo feci l'occhiolino alla Morisot:

– Prova un po' a raccontare il mito di Demetra –. La Morisot colse al volo.

– Demetra è la dea madre, la dea delle dee, la personificazione della terra, dei frutti, delle stagioni, del ciclo vitale della creazione, esiste da sempre, già dalla preistoria. Ora Demetra aveva partorito da Zeus, che tra l'altro era suo fratello, una bambina bellissima, Core. Core si fa donna. Accade che un giorno Ade, lo zio, la vede cogliere fiori in un campo e si invaghisce di lei. Cosa ci facesse Ade in un campo non è dato sapere, comunque se la prende e se la porta giú nel suo regno. Demetra è sconvolta, Zeus nicchia, gli altri dei fanno finta di niente. Disperata Demetra corre da un paese all'altro, chiede a destra e a manca, la cerca ovunque. S'incazza al punto di distruggere le messi e i frutti, tutto quel che cresce dalla terra. Lei può. Lei è la dea di quelle cose lí. Gli dei cominciano ad avere un po' di strizza. Se non la smette con quella strage addio genere umano e addio fumi dei sacrifici. La scongiurano di tornare sull'Olimpo. Ma Demetra non molla: o mi ridate mia figlia o continuo. Zeus tituba, ma dal nulla ecco che ti arriva sua madre Rea, la nonna di Core, che nel frattempo all'anagrafe ha cambiato il nome in Persefone. «Siete una massa di coglioni», tuona la nonna. «'Sta storia deve finire. Prendete quel debosciato di Ermes e speditelo subito dall'altro mio figlio a comandargli di lasciare libera la ragazza». Ermes, *flop flop*, obbedisce. Demetra può finalmente riabbracciare la figlia. Finita? Per niente: c'è l'inghippo della melagrana. Chiunque assaggi la melagrana è obbligato a restare all'Inferno. Persefone (ex Core) giura di non averlo mai fatto, ma salta fuori una lurida spia, tal Ascalafo di professione giardiniere, che squittisce: «L'ho vista io, ne ha assaggiato un chicco». Apriti cielo, Ade gongolante, Demetra sull'orlo dell'autodeicidio, gli dei nel terrore piú nero. Torna in campo nonna Rea che trova finalmente una soluzione. Persefone starà sei mesi con Ade e per il resto dell'anno con sua madre. I fiumi tornano a scorrere, i frutti a spuntare, il grano a crescere rigoglioso, fine.

– Anche l'inferno è un topos? – chiese Romolo tutto pimpante.

– Sí, certo, – risposi.

– C'è una storia di Topolino in cui lui fa Dante e Pippo Virgilio, all'Inferno. Un topo in un topos, buffo, no?

– Be', qui di topi ce ne sono anche troppi!

– Ade stalker è come Aristeo nel mito di Euridice, – fu pronto Bencivieni.

– E Minosse per Britomarti, – si lanciò la Morisot.

– Chi diavolo è Britomarti? – fece Merisi. – Te la sei inventata tu?

– No, no, è in un poemetto di Callimaco. Lí si chiama Dictynna.

– Ma che cazzo dici? – sempre Merisi.

Intervenni:

– Britomarti è una ninfa di Artemide. Per sfuggire a Minosse, pazzo di lei, si getta nel mare. Viene salvata dai pescatori e prende il nome di Dictynna, che in greco significa «Signora delle reti».

– È in un dialogo di Pavese, mi pare, – ci sorprese la Carriera.

– Sí, e c'entra col nostro discorso sulla verità. Dice: «Noi giochiamo a sfiorare le cose». Ma basta, torniamo a noi. Ade, come Aristeo, come Minosse, adombra la violenza maschile. C'è un *deus ex machina*, Rea, la nonna, che sarà un topos della tragedia greca. C'è la meschinità di chi comanda, Zeus, capostipite d'inerti e confusi sovrani shakespeariani, e di padri snaturati: chi manda in giro Pollicino a notte fonda? Il mito ci rivela tre cose.

Demetra è la madre-madre. Non c'è nulla al mondo che conti piú di sua figlia, il suo è un istinto insopprimibile. Madre prima che donna, prima che dea. Spietata nel distruggere la natura che ha creato. Non esiste statua o immagine di Demetra che non ce la mostri in un atteggiamento di abbandono, di tristezza inconsolabile. Sono segni di depressione, quando niente ha piú senso, come Ulisse sulla spiaggia di Calipso. È sintesi di tutte le madri, come la Maria di De André sotto la croce. Ma è anche la vita piú forte della morte. E questo è il secondo messaggio. Il periodo che Persefone deve passare alternativamente all'inferno e sulla terra sottintende il ciclo delle stagioni, il passaggio dall'inverno alla primavera e dalla primavera all'inverno: tutto ciò che nasce deve morire per poi rinascere ancora. Qui sta il mistero, terza lettura: Demetra ci indica la sopravvivenza. L'anima non muore, l'esistenza si perde in un sonno che prelude a una nuova esistenza. Questo principio mitico è ovunque, da sempre. C'era già negli aborigeni australiani, negli egizi, negli etruschi. Il mito è per i greci certezza. Noi, immersi nel *logos*, «giochiamo a sfiorare le cose».

Il parco si stava affollando, anche troppo. Ma quell'accenno a una seconda vita mi aveva fatto venir voglia di raccontare a Romolo un'altra storia. Del resto Romolo si era ormai completamente calato nella parte, un bimbo con un giocattolo nuovo.

– Questa ti piacerà, – gli dissi, – ascolta. Ti voglio parlare di Dioniso. Dioniso è il vino, il gioco, l'alterazione, la follia, l'estro. Dioniso protegge le donne, i deboli, gli schiavi, gli squinternati di ogni tipo. Io ti racconto la versione degli orfici, una setta di iniziati, non quella esiodea. Dioniso nasce due volte e già qui il topos è evidente, se pensiamo alla nostra tradizione cristiana. Lui nasce che gli dei ci sono già tutti, e tutti si accorgono subito della sua diversità. Non è marmoreo, musone, inerte, non è superbo, magnifico, solenne come gli altri, no: è un bel po' scavezzacollo, gaudente. Crea invidia e scompiglio, per qualcosa che gli altri non hanno: l'immaginazione, l'estro, l'improvvisazione, l'ispirazione. Svergognerà sovrani, invaserà donne, libererà schiavi. Ma come è nato? Dioniso nasce, per gli orfici, da Persefone, sí, proprio quella là di prima. E indovina un po' chi è suo padre? Zeus. No, non ti sbagli, è un incesto. Normale tra gli dei. Persefone è sua figlia ed è figlia anche di sua sorella Demetra, un bel giro di giostra familiare. Era, che poi sarebbe la moglie ufficiale di Zeus, pluricornuta, piena di gelosia, pensa «Ci risiamo, quello si scopa tutto ciò che si muove: Europa, Leda, Danae, e io qui a mangiarmi il fegato». E non gliela perdona. Rapisce il neonato e lo consegna ai Titani, che sono giganti bestiali. I Titani, nemici di Zeus, non aspettavano altro, fanno a pezzi l'infante, lo arrostiscono e se lo mangiano. Zeus, incazzatissimo, li fulmina, ma ormai Dioniso è bell'e che andato. Di lui è rimasto solo il cuore. Ma Zeus, partendo da quel cuore, rimodella le gambe, le braccia, il corpo intero della sua creatura. Dalle ceneri dei Titani nasce intanto il genere umano. Quindi Dioniso è nato due volte, come Cristo. Come noi, che nasciamo in un corpo e rinasciamo in spirito. Quindi gli uomini sono nati da una colpa, figli di un sacrilegio, come vuole il Vecchio Testamento. Ma quel che piú conta è ciò che il mito adombra ma non nasconde. E cioè che né le braccia per afferrare, né le gambe per camminare, né il corpo per nutrirsi, né la testa per pensare, valgono l'uomo. L'uomo è il suo cuore. Senza il cuore niente serve a niente. Dal cuore tutto nasce, e tutto trova un senso.

Romolo gongolava. Gongolava e annuiva come a dire «Ho capito, ho capito tutto». E improvvisamente fu preso dalla smania di farci capire che aveva capito:

– Quand'ero ragazzino, – partí a razzo, – avrò avuto sí e no dodici, tredici anni, ero cosí patito per l'Inter che tutti i mercoledí pomeriggio correvo all'Arena per vedere la partitella delle riserve. Persino le riserve andavo a vedere, e non ero il solo, ce n'era di gente! Pensionati, fancazzisti, eccetera. Uno di questi mercoledí, prima che inizi la partitella, vedo in campo un ragazzino che, praticamente da centrocampo, continua a tirare palle in porta. Solo che la porta non la prende mai, prende i pali. O li prende o li sfiora. Mi volto verso il mio vicino e gli chiedo: «Mi scusi, ma quello là chi è?» «È un giovane del vivaio, viene dal Veneto. Si chiama Mario Corso, è mancino». Quello lo vedevo anch'io, mai che toccasse la palla con il piede destro. «Scusi ancora», gli faccio un po' timidamente, «ma non segna mai?» «Segnare?» mi risponde. «No, no, sta mirando ai pali». E li prendeva due volte su tre. La prima volta che l'Inter lo mise in campo ero ovviamente là. Giocava lento e dinoccolato, un po' neghittoso, come se tutto quel correre di qua e di là non fosse roba per lui, però non sbagliava un passaggio. A un certo punto fischiarono una punizione dal limite a nostro favore. Il Brescia o il Como, adesso non ricordo bene, schierò una barriera pazzesca. «E dove ci passa la palla di lí?» pensai. Allora eravamo tutti abituati a veder tirare cannonate che la palla dove va va. Si presentò il ragazzino, aggiustò il pallone, prese una rincorsa brevissima, tirò. Giuro che nessuno di noi, ma proprio nessuno, capí cos'era successo, vedemmo solo la palla in rete. Come se si fosse resa invisibile a tutti, se fosse volata da sola sopra la testa dei difensori e fosse ricaduta chissà come in porta. Cosí la seconda volta, perché ce ne fu un'altra di punizione, me ne restai con l'occhio fisso sul piede sinistro e finalmente capii. La palla partí dritta, a mezz'aria cominciò a curvare e poco prima della traversa venne giú, chissà come. La chiamarono «foglia morta», e quel Mario Corso fu il primo, l'inventore. Poi vennero gli Zico e i Maradona, i Platini, i Baggio e un sacco d'altri. Ma Mario Corso fu il primo. Ecco, per me questo è un mito.

Piantata in asso

– Via, oggi si bigia!

– Cioè, prof? – si stupí Mazzola, detto Atteone perché tampinava le ragazze in bagno.

– Stiamo qui a far niente? – ridacchiò Robusti, e aveva poco da ridere con il padre, Rocco, in carcere scambiato per una spia.

– Se lo sapevo me ne stavo a casa, – bofonchiò Allegri, che era nato in circostanze poco chiare nella camera di una badessa.

– No, no, bigiamo, facciamo filone, facciamo vela, sega, berna, come dite voi, insomma mariniamo la scuola.

Saltò su Merisi che era stravaccato su una panchina con la testa della Gentileschi sulla pancia: – Lei non ce la conta giusta. È capace di lasciarci qui a meditare e andare a infrattarsi in un *trani*.

– No, per niente, sarà una bigiata seria, d'altronde bigiare è un'arte. Si programma, si evade, ci si gusta la strizza al culo, ci s'intruglia in fannullaggine.

– Prevedo un trappolone, – mormorò Negretti, che era il piú vecchio di tutti. Non poteva andare meglio, mi avevano dato loro l'assist.

– Già, – nicchiai, – perché si dice «bigiare» o «far filone» o roba simile? Da dove vengono fuori queste assurdità?

– Ecco dov'era il trucco, – sentenziò Robusti, – gira e rigira si ritorna alla lingua.

– Sbagli, niente filologia. Noi oggi cazzeggiamo sul «pensiero esterno».

– E che diavolo è? Se l'è inventato lei uora uora?

– I modi di dire. È come se la nostra mente possedesse un enorme libro e un notes. Sul notes finiscono gli appunti minuti, schematici, per riassumere un pensiero. Sul momento ci sembrano chiari, a distanza di tempo diventano spesso incomprensibili: il popolo inventa, la borghesia trasforma, i posteri non sanno piú di cosa si parla.

– Una metafora, insomma, – tentò Allegri, – «gallina vecchia fa buon brodo».

– Alt, quello è un proverbio, lí il simbolo è chiaro. No, no, i modi di dire sono criptici, enigmatici: se n'è perso un pezzo per strada, oppure quel pezzo è di un tempo e di un luogo che non conosciamo. I proverbi sono un suggerimento morale: seguimi e non sbagli. I modi di dire alludono solo a una situazione, non altro. Partiamo dai buoi: «mettere il carro davanti ai buoi» è ambito contadino. Si tratta di un'azione quotidiana, quella di aggiogarli. Nella mente e nel vissuto del villico scatta che non si può fare, che i buoi non trascineranno piú il carro.

– Sí, prof, – intervenne Mazzola, – ma mi sfugge il nesso. «Mettere ecc.» vuol dire fare una cosa prima del dovuto, e che c'entra con la gran scoperta del contadino? Che poi i buoi potrebbero anche spingerlo, il carro, con la testa.

– E qui sta il fascino e l'arcano dei modi di dire. L'esempio da spaziale (il carro, l'animale, il campo) è diventato temporale. In un certo momento il «davanti» e il «dietro» sono diventati un «prima» e un «dopo». E per restare nel bucolico aggiungiamoci anche «prendere per il naso». Che cavolo di rapporto c'è fra tirare il naso a qualcuno e buggerarlo? In apparenza nessuno.

Non li incalzai, attesi. Nelle loro teste s'intersecavano fili di connessione.

– C'è qualcosa di storico all'origine? Un episodio che non conosciamo?

– No, ha origine agreste anche questo.

– Ma quale animale si prende per il naso? – domandò la Galizia. – I conigli no, le galline non ce l'hanno, le oche nemmeno…

– Il bue, proprio il bue. Gli si mette un anello al naso per trascinarlo dove si vuole. Lo scrive Ariosto nelle *Satire*. Tirarlo a proprio vantaggio, raggirarlo e, per traslato, fargli credere quello che non è.

– Sí, – ammise Robusti, – questo è un bell'esempio di buio di significato, – e Robusti di buio se ne intendeva.

– Ma, – proseguii, – torniamo a bomba, che poi è un altro modo di dire e ci arriveremo. Dicevamo che oggi si bigia, si fa filone. Tutte queste espressioni sono incomprensibili. In quale notes di quale mente sono state appuntate? E ve lo dico subito, per molte si va a tentoni. Il bello è che quando nascono si danno per scontate, nessuno si chiede da dove sono spuntate e perché. Ma nessuna è casuale, tutte, dico tutte, sono culturali, legate a un luogo o a un modo di vivere. Ad esempio «bigiare». Bigio è grigio, il colore tipico di Milano, un non-colore. E Francesco Cherubini, che era uno scrittore milanese, usava il termine nel senso di «nascondersi», assumere le tonalità del grigio per sottrarsi alla vista. Capito? Facile. Piú dura per «far filone». Presumo che questa sia un'immagine colta legata al filo d'Arianna. Fu lei a far scappare Teseo dal labirinto con lo stratagemma del filo. «Far vela» è ovvio, essendo propriamente sardo. Sta per piantare lí i libri e andarsene al mare, veleggiare, sentirsi libero.

– Fare sega lo so, – chiosò Merisi, – insomma, chiaro, no?

Cosí chiaro che la Gentileschi spostò subito la testa dalla sua pancia.

– Vi dovevo il «tornare a bomba», che poi sarebbe con la B maiuscola. Qui non ci potevate arrivare. Siamo ancora nell'Ottocento. In parlamento un certo oratore era partito dal tema principale della seduta, ma ormai stava divagando da un po': al che Silvio Spaventa, patriota abruzzese, gli urlò la famosa frase «Torniamo a Bomba». Bomba era il paese natale dello Spaventa. Era come dirgli «Torniamo da dove tutto è cominciato». Vedete, vabbe', la state prendendo come una specie di ricreazione, ma non lo è. Non è che io debba sempre e solo parlarvi di grandi cose, di grandi uomini, di eventi storici. Quelli sono il corso visibile del fiume, ma dentro quel fiume ci sono detriti, sassi, tane, pesci vivi e morti, risucchi, vortici, rifiuti. La storia va, noi crediamo di farla e a volte interferiamo pure, ma per lo piú abbiamo il nostro bel da fare di castori: costruire chiuse, salvarci coi ponti. Noi siamo tutte quelle migliaia di cose dentro il fiume, le piú piccole spiegano le piú grandi, è come se cercassimo un ordine nelle correnti lí dentro, lí sotto. La metafisica appartiene al fiume, quello sopra. Noi difendiamo i detriti, le tane, le pietre. Arte, musica, poesia sono i nostri argini, quella è la prima linea. Ma nelle retrovie conta il pane quotidiano, contano i calzari, non perdere lo scudo. Da questa ingegnosità nella miseria, da questo arrangiarsi per capire, capire nel piú breve tempo possibile, vengono i modi di dire. A guardarci dentro ci trovi l'uomo. Le grandi frasi ti fanno eterno, i modi di dire ti fanno sopravvivere.

– Non doveva essere una ricreazione, prof? Torniamo a bomba, – ironizzò Allegri.

– Prof, a dirla tutta non se ne sentiva proprio il bisogno di 'sto giudizio universale, – rincarò Sanzio, che aveva visitato la Sistina, – di 'sta tirata filosofica su fiumi e pesci, ci ha presi per dei cretini?

Avevano la loro parte di ragione. Mi dava e mi dà sempre fastidio doverlo ammettere. Bisognava tornare a Bomba.

– E voi sapete da dove viene «mangiare la foglia»?

Brusio interrogativo.

– «Mangiare la foglia» vuol dire intuire qualcosa che ti stanno nascondendo, – s'inserí Vecellio.

– Sí, certo, ma ha un senso?

– Adamo? Dio gli nascondeva il pane? – provò Bencivieni.

– Fratel Coniglietto, per vedere se sotto c'è una carota? – la Carriera.

– I bruchi mangiano le foglie.

– E che c'entrano i bruchi?

– E che c'entrano le foglie?

– Ci sono. Forse era «mandare la foglia». Seguitemi: un tale scopre che qualcuno manda fiori a sua moglie. Stacca una foglia da un gambo e la spedisce al tale per fargli capire che ha capito.

– Non era meglio fargli mangiare i fiori?

Non ci sarebbero mai arrivati.

– Non si trattava di una foglia, ma di un foglio, – spiegai, – ecco perché non si coglie piú il senso. Sentite. Due messi papali giungono a Milano, per esattezza a Melegnano, sulle rive del Lambro, per consegnare a Bernabò Visconti una bolla di scomunica. Bernabò la legge e chiede ai messi: «Volete mangiare o bere?» Quelli, che mica sono scemi, capiscono che bere significa che finiranno in fondo al fiume e preferiscono mangiarsi il foglio della scomunica.

– Fantastico, – fece Allegri, – e lo mangiarono veramente?

– Pare di sí, ma a proposito di papi c'è un modo di dire altrettanto bello: «carità pelosa».

– Cos'è una «carità pelosa»? Mai sentito, – disse la Gentileschi, a sua volta dalla pancia di Merisi.

– Scema, è quando fai un regalo interessato, che conviene piú a te che all'altro, – sentenziò Zorzi.

– Giusto, – replicai. – Il papa in questione era Alessandro II. Quando Guglielmo il bastardo gli chiese aiuto per la guerra, il papa gli mandò i peli della barba di san Pietro.

– Gli mandò cosa?

– I peli, intendendoli come una reliquia capace di operare miracoli. Ma Guglielmo voleva soldati e armi e denaro.

– E come la prese?

– Bene, vinse lo stesso.

– Io gli avrei inviato in risposta i peli del mio... – se ne uscí il solito Merisi.

– Forse sarebbe stato appropriato. Ora vado a raffica, – continuai. – Andare a Patrasso, cioè alla malora. È un nonsense. Perché proprio a Patrasso e non, mettiamo, a Filippi, che sarebbe piú ovvio? In realtà è una storpiatura di «ire ad patres», e cioè andare a raggiungere gli avi, ovviamente morti. In «ad usum delphini» il delfino non c'entra niente. Si tratta del figlio di Luigi XIV, il

Delfino appunto, e vuol dire a vantaggio dell'erede, e quindi di uno solo. Gli «alti papaveri», per designare chi ha in mano il potere, vengono addirittura da Tito Livio: «papaveri orgogliosi che si ergono al di sopra dei fiori e a cui bisogna tagliare la testa». Ma il piú misterioso dei misteriosi è «a ufo», cioè senza pagare. Ovviamente non c'entrano gli extraterrestri, anche qui c'è una bella storpiatura lessicale. L'espressione viene dall'acronimo A.U.F., cioè «ad usum fabricae», scritto su tutti i carri che portavano materiale alla fabbrica di San Pietro. Ciò bastava perché non pagassero il dazio: a ufo appunto. In «vedere come butta» s'intende il germoglio della pianta, «voltagabbana» (la gabbana era una giacca) si riferiva ai disertori, che dovevano andare in giro con la giacca rivoltata per non essere riconosciuti durante la fuga. «Di punto in bianco» è piuttosto macchinoso. Sulle mitragliatrici della Prima guerra mondiale erano segnate tacche progressive per misurare l'alzo del tiro, e per preparare l'alzo ci voleva tempo. Sotto le tacche una riga bianca segnalava l'alzo zero, quello immediato. E da lí «di punto in bianco» cominciò a significare subito, all'improvviso. Siete stanchi? Perché adesso arriva il gatto, e il gatto è proprio un bell'esempio di telefono senza fili. Noi diciamo «non dire gatto se non ce l'hai nel sacco», cioè «non credere di esserci riuscito finché non è finita». Il senso è chiuso, ma non è cosí: questo è solo l'ultimo di bizzarri passaggi. L'originale contadino suonava: «non dire quattro se non ce l'hai nel sacco». Quattro? E che ci azzecca? In realtà quattro stava per una quantità indefinita nel mondo rurale: «Non crederti che il sacco sia pieno finché non ci avrai messo dentro abbastanza mele o pere o altro». Il motto fuori dalla campagna perse ogni senso, ma glielo restituí un anonimo intellettuale latinista: «Ne dixeris captum, nisi tenes in sacco». *Captum*?, si chiesero di nuovo i contadini, e che vuol dire *captum*? E lo cambiarono in gatto, perché i gatti qualcuno se li mangiava pure. Singolare la disparità di significato: per il contadino è semplice sopravvivenza, per il borghese la forma è invece sapienziale.

– Io ne conosco uno perché l'ho letto, non ricordo bene, forse in Svetonio, – disse la Morisot. – «Figli di un'oca bianca» vuol dire privilegiati, perché un giorno un'oca bianca cascò dal cielo addosso a Livia Drusilla, promessa a Ottaviano Augusto. Pensarono tutti a un prodigio, fatto sta che i piccoli nati da quell'oca furono ritenuti sacri e intoccabili.

– Questa non vale, – sentenziò la De Lempicka fra un nugolo di «buuu», – è troppo scema per essere vera.

Certo avremmo potuto andare avanti all'infinito. Mi ero tenuto due colpi finali, due perle di squacqueramento linguistico.

La prima era un bel po' fantasiosa. Me l'aveva raccontata un professore di letteratura francese, il matto piú dolce che abbia mai incontrato.

– Voi conoscete Guglielmo IX, Guglielmo d'Aquitania. Lo conoscete perché fu il primo trovatore della storia, per la verità poco propenso a quella «fin'amor» che ispirerà tutti gli altri. Scrisse versi bellissimi, ma nella vita reale fu donnaiolo incorreggibile, senza mezzi termini. In una *canso* si finge pellegrino muto per portarsi a letto due allegre dame. Le due, assai navigate ed entrambe sposate, non vogliono correre rischi. Devono assicurarsi che quel pellegrino sia veramente muto perché non vada poi in giro a vantarsi di essersele ingroppate provocando uno scandalo. Cosí, a sua insaputa, ficcano nel letto un gatto, un gatto rosso incazzoso e perfino geloso. Ed ecco che quello si mette a graffiare e mordere Guglielmo, che si piega in due per il dolore. Ma Guglielmo non molla, bocca tappata, non gli scappa un solo suono: il supplizio non basta a togliergli l'arrapatura, cosa non si fa per amore. Bene, a quel Guglielmo non è che gli vada sempre bene, pur nel martirio. Un'altra volta è lí che tenta in ogni modo di guadagnar spazio sotto la gonna di un'altra nobildonna, ma lei non fa che ritrarsi e invocare il cielo in suo soccorso. I due si trovano in un boschetto lontano alcune miglia dalla dimora della signora. Guglielmo, spazientito, apre lo sportello della carrozza e senza troppi complimenti la sbatte fuori e se ne va. La signora deve tornarsene a piedi, per di piú col buio. Giunta a casa, viene accolta dalla fantesca che, vedendola in quello stato pietoso, con il viso tra le mani, le domanda: «Ma signora, cosa le è successo?» E quella, che è nobile e colta, se ne esce con: «Sono stata piantata in Nasso». La fantesca, condotta la padrona nella sua stanza, e aiutatala a lavarsi e rivestirsi, scende in cucina con quella risposta che l'arrovella. Ha capito «piantata in asso» e non riesce a spiegarsi cosa possa essere quest'asso in cui si piantano le donne. Pensa che ci ripensa, la notte non può prender sonno e sveglia il marito per raccontargli la storia. «In asso?» fa lui. «Avrai capito male. Avrà detto piantata in asse, come un chiodo nel legno, insomma se l'è sbattuta tanto forte da ridurla cosí». «No, no, ha detto proprio in asso, ho sentito benissimo. Questi nobili non si sa mai come intenderli, forse parlava latino». Fatto sta che l'espressione gira per i mercati, dalle donne passa agli uomini e nelle bettole, nelle taverne. Ovviamente la citazione della pudibonda donna si riferiva ad Arianna, che dopo aver salvato

Teseo dal labirinto per tutto ringraziamento viene abbandonata nell'isola di Nasso.

– La sapevamo, non la storia di Guglielmo, sapevamo della confusione tra Nasso e asso, ma prof, comunque la giri è sempre la stessa cosa, colto o ignorante che sei significa sempre scaricare, tirare un bidone!

– E che vuol dire?

– Che vuol dire cosa?

– Tirare un bidone.

– È vero, non lo so, non ne ho idea.

– Be', non è facile, la famiglia è larga: «tirare un pacco», «dare buca». Propendo per spacciare per pieno qualcosa che è vuoto. Come in alcuni imbrogli, ma non è sicuro. Altrettanto incerta è l'origine di «in bocca al lupo», un augurio bizzarro, sembra piú un malaugurio.

– Ma non lo è, prof, perché si risponde «Crepi!»

– Quella, De Lempicka, è una correzione, un arrangiamento successivo a una locuzione che pareva ed è insensata. Non vale nemmeno dire che i cuccioli in bocca al lupo sono protetti, perché lo sono anche in bocca al gatto o al cane. No. Questo è un modo di dire che mi ha sempre spiazzato, e nessuno era mai riuscito a spiegarmelo. Poi un giorno, scorrendo un tomo di autori tardo greci, m'imbatto in un augurio che un ateniese rivolge a un amico in procinto di partire: «Émbaine álupon (odón)», ovvero «Imbocca una strada non pericolosa», al che l'amico gli risponde «Chrê», cioè «È necessario». La storpiatura in italiano, non so come né quando, è avvenuta per la pazzesca somiglianza fonetica. «Émbaine» è diventato «imbocca», il che è corretto, e «álupon» il lupo. Ma siccome «imboccare un lupo» sembrava piuttosto strano, il verbo si scinde e diventa «in bocca», mentre il lupo resta lupo. Ed ecco il capolavoro. La mente umana raddrizza il nonsense traducendo la risposta «Chrê» (cioè «È necessario») con «Crepi», ovviamente il lupo. Il gioco è fatto. Tutto a posto e niente in ordine. Dove non sa, l'uomo inventa. Capite ora cosa intendevo dire coi detriti e i sassi nel fondo del fiume? Inventare e reinventare, la fantasia come una lampada a olio che finge luce in una notte vera. Questa è genialità, sorella minore dell'altra che fa dire a Pindaro: «Sogno di un'ombra è l'uomo», a Diogene: «Preferisco avere una goccia di fortuna che una botte di sapienza», a Publilio Siro: «Gli uomini pensano a una cosa, la fortuna a un'altra», a Eraclito: «Meglio che gli uomini non raggiungano sempre quello che vogliono», e infine a Timone: «C'è un tempo per innamorarsi, un altro per fare l'amore e un tempo per farla finita». Ma soprattutto a Petronio: «In qualsiasi punto tu sia, sei sempre al centro del cielo».

– Io ne so un'altra, – ridacchiò Merisi, – di fonte incerta: «Spesso i professori raccontano piú di quello che sanno».

Non di solo pane

– Quanti di voi hanno letto il Vangelo?

Bella domanda in una classe per metà di anarchici e per metà di atei.

Si finsero tutti indaffarati.

– Meglio, – commentai, – cosí non correrete il rischio di essere influenzati dal «Ci credo», «Non ci credo», «Era un uomo», «Era un Dio, anzi Nembo Kid»: non ho nessuna intenzione, io, di far religione a basso costo. Voi il Vangelo da oggi in poi ve lo andate tutti a leggere, non per illuminarvi sulla via di Damasco, ché per illuminare voi non basterebbe che si presentasse Dio con tutta l'orchestra. No, la mia idea è tutt'altra. Voglio che quattro di voi impersonino gli evangelisti prima che il Vangelo fosse scritto.

– A parte che non si capisce – si interrogò la Morisot – a cosa porti questa carnevalata, quando abbiamo scelto tra noi i quattro evangelisti che gli facciamo fare?

– Al tempo, – le risposi. – Devono inventare il Vangelo prima che ci sia.

– E come, se manco lo conoscono? – la Galizia.

– Lo conosceranno. Come, chiedi? I vostri compagni evangelisti dovranno mettersi d'accordo su come procedere, su quali episodi puntare, su quali miracoli raccontare. Mica facile. Eh sí, dovranno studiarsi il periodo storico e scartabellare un bel po' di fonti per non scrivere puttanate. Il perché? Lo scopriranno subito i quattro disperati che sceglieremo. Mi conoscete, non faccio cose a capocchia. Perché i Vangeli sono stati scritti? Perché non bastavano gli incontri segreti, i convegni, non bastavano le parole, la trasmissione orale. I Vangeli sono una grande operazione di marketing: l'ellenismo è lí, dietro le spalle. E il feticcio dell'ellenismo, lo sapete, è il libro. Per Matteo, Marco, Luca (lasciamo perdere Giovanni), fu come un'illuminazione. E ora mi chiedo e vi chiedo: come han fatto, cosí distanti, a metter su 'sto po' po' di rivelazione? Scrivendosi. Accordandosi per lettera. Questo dovranno fare i nostri quattro, ma in realtà non è tanto il metodo che mi interessa. Mi interessa vedere come quattro anarchici agnostici tenteranno di spiegare ad altri senza dio cosa sia una rivelazione, una speranza, una salvezza. Qui sta il bello: troppo facile farlo con la fede. Siete liberi. Giocatevela come volete. Piú sarete grotteschi piú risulterete convincenti. La maschera dell'incredulità tradirà la speranza che tutto non finisca qui. Allora, qualcuno si offre?

La De Lempicka scelse Luca, Vecellio Matteo, Bencivieni Marco e la Kahlo, naturalmente, Giovanni.

Sette giorni dopo ci ritrovammo al parco. I quattro, visibilmente provati, si fecero avanti per la lettura.

Mi metto da parte e trascrivo letteralmente.

A Marco e Matteo in Roma dal fratello Luca in Antiochia, χαίρετε[1].

Vi scrivo dopo lunghi silenzi dovuti ai miei viaggi di apostolato perché ormai, a mio avviso, è giunto il momento opportuno. È anche qui arrivata la rassicurante notizia della morte di Nerone Germanico sotto i cui deliqui perdettero la vita i nostri maestri: Pietro, a te Marco cosí caro, e Paolo, peregrino con la mia misera persona, sono andati incontro a un barbaro supplizio. Dai venti della Giudea so che le cose stanno precipitando. I romani, dopo la disfatta del legato di Syria Caio Cestio Gallio, hanno inviato un enorme esercito agli ordini di Vespasiano e del figlio Tito. Ovunque si propagano i massacri, Gerusalemme è ormai città di pianti e lutti e la Giudea tutta è attraversata dal terrore.

Ho a lungo riflettuto coi fratelli di qui e in tutta la Syria che siamo stati fino ad oggi lenti e parziali commentatori del Verbo di Nostro Signore. So che a Roma non vi è possibile predicare alla luce del sole e siete obbligati a nascondervi. Sí, abbiamo certamente, almeno fino ad ora, in gran parte fallito. Bisognava individuarne le cause e noi, ciechi, le avevamo sotto i nostri occhi. Non possiamo portare Nostro Signore di casa in casa sperando invano che altri ci imitino. Troppo esiguo il numero di chi incontriamo in un impegno tanto vasto che il sole degli uni non è mai lo stesso degli altri. La comunicazione orale, fratelli, non basta piú, è come voler riempire goccia a goccia un mare enorme, costruire, come direbbe il Rabbi, case sulla sabbia e non sulla roccia.

[1] Uso il plurale perché il duale a quel tempo era quasi sparito [*Nota della De Lempicka*].

L'unica, la sola via rimasta è mettere per iscritto, incidere a fuoco sui fogli le parole e le azioni del Maestro. Il fiato in questi tempi di ellenizzazione non basta: la parola è diventata libro, le assemblee biblioteche, e l'aramaico non lo conosce nessuno. Dobbiamo far fronte comune e trasformare in greco, questo greco universale che è la *koiné*, la vita, l'apostolato, la missione divina di Nostro Signore.

Attendo una vostra risposta, perché i tempi stringono e nuvole nere si addensano sull'Impero.

Matteo da Roma a Luca e Marco, χαίρετε.

Mi è giunta la tua preoccupata missiva, mentre qui con altri fratelli si stava discutendo sulla natura dello Spirito Santo e sulla colomba suo simbolo eletto.

Ho subito compreso la gravità del momento e interrotto il pur notevole dibattito. Mi ha colto all'insieme un senso d'ansia e di inaspettata impotenza. Eppure proprio oggi un soldato romano si è voluto unire a noi e ci è sembrato un giorno di festa. Ci siamo sentiti come le vergini che accolgono l'amato con la lampada accesa. Ma non è cosí, la ragione è dalla tua, Luca. È giunto il momento di raccogliere foglie e fiori sparpagliati al vento, i cocci seminati qua e là per ricomporli in un vaso dorato. Troppe e discordanti sono le testimonianze in giro per l'Impero, troppe le interpolazioni e le mistificazioni, le mezze verità. C'è addirittura chi fa del Cristo bambino una specie di mago, o un ossesso intento a millantare miracoli ovunque.

Non è quello che vogliamo annunziare al mondo. I miracoli aiutano solo a capire. È la divinità commossa e pietosa di Nostro Signore che tutti devono conoscere, il regno che promette, il pane che spezza per farsi in noi presenza eterna: è la meravigliosa rivoluzione dell'amore universale. Amare il nemico, amare gli altri come se stessi.

Tu, Luca, che sei il piú concreto tra noi, cosa proporresti? Da cosa dovremmo iniziare? Ovviamente da un testo scritto, una testimonianza fedele. Ma poi come procedere nella stesura? Ognuno per conto suo o tutti insieme? Ognuno coi suoi ricordi? E se poi fossero diversi, discordanti? Da parte mia penso che ognuno di noi debba metter giú in greco le narrazioni piú credibili per poi confrontarci e scegliere quelle che siano comuni, o che piú si assomiglino. Ci terrei a sentire anche il parere di Marco, cosí vicino a Pietro, e dal canto di Luca le riflessioni di Paolo in Giordania e in Asia Minore e forse anche in Acaia.

A proposito, dov'è Giovanni?

Da Marco a Matteo e Luca, χαίρετε.

Cari fratelli, io non la vedrei cosí brutta. Siamo solo agli inizi e di roba in cui sguazzare ne abbiamo a bizzeffe. Non vorrei offendervi, ma quanto a pignoleria siete dei maestri. Primo: ai gentili poco importa di com'è stato da bambino questo fantomatico Gesú, se faceva la pipí a letto come gli altri oppure no. I gentili vanno matti per le notizie strabilianti: i pani e i pesci che si moltiplicano, gli storpi che camminano, i ciechi che vedono, le donne che gli tocchi la veste e oplà guariscono, cose che voi non scriverete mai. Volete mettere la forza di convinzione che ti dà una bella camminata sulle acque?

E le parabole? Voi le avete capite tutte 'ste parabole? Per carità, non voglio insinuare che Nostro Signore fosse ogni tanto alterato dal vino, ma 'sta storia di perdere novantanove pecore per salvarne una vi pare logica? E un seminatore cosí idiota da gettare i semi tra le pietre? E poi i lavoratori nella vigna: c'è chi è lí a sgobbare dall'alba e chi ha lavorato solo due ore e il padrone li paga allo stesso modo? E che? Bisogna guardare il fico per sapere quando verrà «il figlio dell'uomo»?

Non fraintendetemi, è solo per dirvi che, riferisci qua, riferisci là, a volte si è perso il nesso e sta a noi ritrovarlo.

E poi diciamocela tutta: chi di noi è stato in Galilea insieme al Rabbi? Nessuno. Nemmeno Matteo che se la tira tanto. Non è lui quel Matteo che il Rabbi ha voluto con sé. Come se non ci fossero decine di Mattei. Insomma voglio dire che noi parliamo tutti per interposta persona, certo per merito di Pietro, che lui sí c'era, o di Paolo, che è romano ma pieno di fede fin qui. Mettiamoci in testa che un po' di spettacolarità dobbiamo tenercela: mentire no, ma colorire, abbellire sí.

Di punti di partenza ne abbiamo. C'è quel brogliaccio scritto già da un altro Matteo in aramaico. Ma l'aramaico, come dice bene Luca, lo conosciamo in quattro gatti. Io farei piuttosto riferimento alla raccolta di Cesarea oltre che a Pietro, e vi suggerirei di fare lo stesso. Nella raccolta di Cesarea non c'è un granché di spirituale, è una collezione di episodi. Il messaggio vero noi lo conosciamo, vi prego di non prendermi per un superficiale, è chiaro anche a me il fine ultimo, ma gli uomini vanno catturati con ciò che fa sensazione, le tirate filosofiche non le legge nessuno.

A proposito, avete notizie di Giovanni?

Da Luca a Matteo e Marco, χαίρετε.

Ho ben inteso, Marco, il senso della tua esternazione, non possiamo piú frapporre indugi. Sai bene che a Roma la situazione sta precipitando. Morto Nerone Germanico si sono azzuffati il proconsole d'Africa, il lusitano e il campano. Tito sta assediando Gerusalemme.

Io farei cosí: alcuni episodi conosciuti da uno solo di noi saranno accettabili se chiaramente provati. Ma il grosso della ricostruzione si baserà su ciò che tutti e tre abbiamo sentito o saputo. Ci scambieremo delle liste, ma penso di conoscerne già molti: la chiamata di Pietro, il discorso delle beatitudini, la tempesta sedata, l'annuncio delle persecuzioni future, la moltiplicazione dei pesci, le passeggiate sulle acque; ma soprattutto i grandi momenti spirituali, l'eucarestia, il rinnegamento (ahimè) di Pietro, la passione e la morte, l'istituzione della nostra Chiesa. Questa parte sarà la piú difficile, perché piena di simboli non facili da comunicare. Quel che raccomando a tutti è di non trasmettere una sfilza di storielle incantatrici (eh, Marco?) Non è questo lo scopo. Noi dobbiamo annunciare, ed essere credibili, che il Cristo divino si è fatto carne, è disceso in Terra, ha illuminato la nostra miseria, ci ha indicato un regno piú alto e insegnato come raggiungerlo.

Come ultimo consiglio proporrei di non renderci pubblici tutti insieme; faremo piú notizia uscendo allo scoperto uno dopo l'altro, a una certa distanza. Il primo sarà Marco che è il piú sintetico, e pure il piú accattivante. Una specie di esca, insomma, che renderà piú appetibili me e Matteo che verremo dopo.

A proposito, come intitolare questo libro? *Il Verbo tra noi?*

Da Matteo a Marco e Luca, χαίρετε.

Non rispondo nemmeno alla fatue provocazioni di Marco, lui, proprio lui che si spaccia per quel bambino nudo che attraversa rapido la scena del Getsemani! O per il figlio della donna che ospitò gli Apostoli all'ultima cena!

Approvo in pieno le proposte di Luca. Ciascuno di noi da subito comincerà a raccogliere ogni elemento e a scrivere la prima stesura che testimoni la venuta del Cristo. A lavoro finito confronteremo il nostro operato per verificarne i contenuti e diversificare le forme, che non sembrino una la copia dell'altra.

Notifico a Luca che *Il Verbo tra noi* mi sembra un po' incomprensibile per il cosiddetto volgo, da parte mia proporrei *Dio di amore e vita eterna*.

Da Marco a Luca e Matteo, χαίρετε.

Io, carissimo Matteo, non mi sono mai spacciato per il bimbo nudo presente all'orto del Getsemani, che poi nudo non era, aveva un lenzuolo addosso. Comunque sia non ho atteso che arrivassero altre epistole, che poi ci mettono secoli, visto come lavorano i tabellari a Roma. Ho già cominciato e quasi finito, sulla scia del *Vangelo dei Dodici*, dando poco credito ai Timorati di Cesarea e ancor meno alle fanfaluche di Tommaso e Giacomo che ritengo degli apocrifi. Certo, non sono uno scienziato come te, Luca, o un precisino come Matteo (a proposito, hai smesso di far l'agente delle tasse?), quindi ho infiorettato qua e là, ma sempre roba verosimile.

Non dovete spiegare a me quale sia il fine ultimo che ci proponiamo e mi pare una buona idea uscire allo scoperto a scaglioni.

Quanto al titolo solo la fantasia malata di Matteo poteva concepire qualcosa come *Dio di amore e vita eterna*, che crea una grande confusione con tutte le divinità misteriche pagane, Dioniso, Mitra e compagnia bella, che pure vita eterna promettono. Cosí saremmo bell'e che spacciati in partenza. No. Cos'è che in fondo stiamo proponendo? Un annuncio, un meraviglioso annuncio, un εὐαγγέλιον, ed *Evangelo* dovrà chiamarsi la nostra opera.

Da Luca a Matteo, χαῖρε.

Ti chiedo scusa per questo succinto biglietto che ti invio, ma ho bisogno di vederti personalmente. Abbiamo tutti e tre steso e confrontato le nostre versioni trovandoci verosimilmente d'accordo. Dalle decine di episodi descritti esce trionfante il Cristo che volevamo annunciare. Ma io sento che manca qualcosa, forse la cosa piú importante. Capirai perché non ne metto a conoscenza Marco, ce la vedremo io e te. Ti invito a incontrarci per il giorno successivo a questa mia nella catacomba del Santo Spirito.

– Salute a te, Luca.

– Salute a te, Matteo.

– E allora dimmi, qual è il motivo pressante che ci conduce qui come due cospiratori?

– Non è niente di cosí segreto e sconvolgente.

– Allora cosa?

– Manca una preghiera.

– Una preghiera, Luca? Il Signore non ce ne ha mai insegnata una, ma ogni sua parola era una preghiera: il regno dei cieli, il dovere di santificare il Padre, di proteggere il suo disegno: suo lassú, nostro quaggiú... L'ha detto mille volte...

– E ha detto pure che gli uccelli del cielo non restano mai senza cibo e che dobbiamo perdonare chi ci ha fatto un torto e poi... poi che sarà lui a scacciare il maligno. Vedi, Matteo, sono tutte parole sue, noi non inventiamo niente. Marco ci sconfesserebbe, ma noi non faremo altro che metterle insieme, queste parole, e farne una preghiera.

– E perché?

– Perché cosí distanti l'una dall'altra rischiano di perdersi, unite diventano verità. È proprio questa la forza di una preghiera, fondere una promessa e un'invocazione: io perdonerò e tu, Signore, liberaci dal male. Una preghiera è insieme domanda e risposta. Che la richiesta sia umile. In pochissimi versi, Matteo, farGli intendere che la nostra oscurità si è aperta, ma nella nostra miseria continuano a sopravvivere il dubbio, l'ansia, la paura di aver capito male e che non sia cosí.

– Ma la fede ci sostiene.

– Ci sono cieli stellati che uno scroscio di pioggia confonde. Riassumiamo l'Evangelo in una preghiera.

– Ma non ci ha già detto Lui tutto ciò?

– Sí, noi lo sappiamo, ma preghiamo per ripeterlo continuamente.

– E come la scriviamo?

– Iniziando con «Padre, Padre dei cieli».

– E poi?

– Vai avanti tu.

– «Che il tuo nome sia sempre santo».

– Vedi, non è un dubbio, è una speranza. E poi?

– «Che tu possa regnare un giorno sulla terra come in cielo».

– Fin qui l'atto di fede. Ora l'invocazione: «Dacci ogni giorno il tuo pane».

– Quale pane intendi, quello di grano o quello celeste?

– Io direi quello necessario.

– Entrambi sono necessari.

– Hai ragione. Allora usiamo un termine che vada bene nei due sensi, ἐπιούσιον mi pare appropriato. Vuol dire sia «alla bisogna» sia «che sta su, in alto». E poi?

– Certamente «Perdona i nostri torti come noi li perdoniamo agli altri».

– Bello, ma mi sembra un po' ambiguo. Tu usi ὡς, cioè «come», e ne vien fuori che Dio dovrebbe perdonarci nella misura in cui noi perdoniamo i nostri simili. Cioè se non li perdoniamo, neppure Lui perdona noi.

– E non è giusto cosí?

– No. Io faccio Dio piú misericordioso e invece di un «come» ci metto un «perché». «Perdonaci ché infatti anche noi (καὶ γὰρ αὐτοί) perdoniamo». Non si mercanteggia. E poi, siccome sei un pubblicano, questa frase la mettiamo sotto metafora: «Annulla i nostri debiti, perché noi li annulliamo ai debitori».

– Si vede che non sei un giudeo.

– Non farmi ridere, piuttosto come proseguiresti?

– Be', «Tienici lontani dalle tentazioni».

– Non è meglio invece «Mettici pure alla prova, la supereremo»?

– Pericoloso. E se poi non la superiamo? È ambiguo, Dio non tenta.

– Ti devo citare tutti i casi del Vecchio Testamento? Non ti dicono niente Abramo e Isacco?

– Sí, forse va bene «Non metterci nelle condizioni di essere tentati», usiamo il verbo εἰσφέρω che è polivalente.

– E per chiarire il concetto concludiamo con un «Liberaci dal demonio». Questa, Matteo, è una preghiera.

– Ma la dobbiamo inserire a posteriori?

– Certamente e, direi, in due circostanze diverse. Tu, Matteo, gliela farai pronunciare alla fine del discorso delle beatitudini, lí ci sta benissimo. Io ci devo ancora pensare, gliela farò insegnare in un giorno qualunque.

– Sai, Luca, non avevo capito.

– Non avevi capito cosa?

– Che abbiamo continuamente bisogno di recitare le nostre paure. Abbiamo inventato una preghiera del Cristo perché volevamo che fosse sua, che ce l'avesse insegnata Lui. E forse tanti altri hanno inventato miracoli perché volevano che Lui li avesse fatti. O che Lui fosse veramente nel pane e nel vino, perché altrimenti niente avrebbe senso. O forse noi l'abbiamo inventato ma Lui è anche vero, è anche la Verità. Scherzavo su Marco, ma pensaci: chi è che vede il Signore disperato davanti alla sua passione? Un bambino. E chi è che scappa via togliendosi il lenzuolo? Quel bambino. «Ecco, ora sono nudo, ora il mio dolore è nudo, visibile a tutti voi: so cosa significa soffrire». Tu hai scritto: «Chi non accoglie il regno di Dio come un bambino, non vi entrerà». La verità è il sogno di un bambino.

Da Giovanni a Luca, Marco, Matteo, χαίρετε.

Sono Giovanni, qualcuno mi ha cercato? Ho finito or ora di leggere le vostre versioni sull'apostolato del Cristo, da voi spudoratamente intitolate *Evangeli*.

Le ho trovate non solo sgrammaticate e puerili, ma persino fantasiose e lacunose. Forse vi siete dimenticati che io sono l'unico a essere stato veramente accanto al Messia e che durante l'ultima cena mi ha accarezzato a lungo i capelli. Quando sarà e se ne avrò voglia scriverò la mia versione, e sarà la sola veritiera. Per il momento sono tutto preso da visioni del Giudizio e dell'aldilà, e vi assicuro che sarà un'apocalisse. A proposito: vi siete tutti dimenticati del primo miracolo del Messia, quello dell'acqua trasformata in vino, non era roba da poco. A guarire gli storpi sono capaci in tanti e Lazzaro non doveva star poi cosí male, ma tramutare dell'acqua in vino è un miracolo vero, un'inconfutabile prova della divinità del Cristo.

Morte di un commosso plagiatore

– Ma perché non è scappato? Poteva farlo, no?

– Eccome se poteva farlo, ma non lo fece.

La Gentileschi si aggiustò un ciuffo di capelli che si era mosso al vento.

Il parco quel giorno era pressoché deserto, a parte gli ostinati che rincorrevano cani fra le aiuole. I ciclisti, non avendo strisce da attraversare, si accontentavano dei prati e dei fiori. Dall'altra parte sullo sfondo s'intravedeva la torre del Filarete.

– Perché non l'ha fatto, Negretti?

Negretti è veneto e gli è rimasta quella cadenza a metà tra il biascico e il canto della sua gente. Tira fuori dai jeans dei fogli stropicciati e gli dà una scorsa.

– Mi pare l'abbia detto chiaro a Critone, – risponde.

– E cos'ha detto a Critone, no, no, non tu... Zorzi?

– Per non riparare un'ingiustizia con un'altra ingiustizia.

– Ma che cazzo di motivazione è questa? – saltò su la Gentileschi. – Quella votazione fu una farsa! – roteava le braccia come pale di mulino. – Fu soltanto una trappola politica messa su da quei tre, Anito, Licone, Meleto. Quell'Anito, poi, compagnone di Trasibulo...

– Ferma, ferma. Non ci capisco niente! – Era Romolo. – Chi è che è stato condannato? Come? Dove?

La Galizia lo tolse d'impaccio. Per una qualche strana angolazione le sue lenti riflettevano due finestrelle.

– Si sta discutendo della morte di Socrate, tu sai chi è, no? Ci si sta chiedendo se fosse giusto o no che l'accettasse.

Certo che Romolo sapeva. Socrate, quello della cicuta.

– Dovete dirmi tutto da capo, se no è come entrare al cinema quando il morto è già morto.

– Il morto chi? Socrate? – domandò Merisi.

– No, no, intendevo il morto in un film giallo... era... era...

– Una metafora.

– Tra tutti i sospettati non ci capisci piú una mazza.

– Qui, Romolo, non ci sono sospettati, – intervenni, – la storia è chiarissima ed è una storia che parte da molto lontano.

Non era cosí facile riassumere a dei ragazzi e a un venditore di panini quella che era la summa di ogni ingiustizia senza rompere i coglioni piú di tanto. Da dove partire? La guerra del Peloponneso non era stata che uno degli scontri eterni tra pensiero debole e pensiero forte, un conflitto che come uomini ci portiamo dentro: nemmeno tra male e bene, piuttosto un conflitto che dà la misura di come ci arrabattiamo da secoli per stare insieme, e i modi sono da sempre due e inconciliabili: Sparta e Atene.

– Tutto comincia con una guerra, Romolo, ma vedo di non menartela troppo, perché quella guerra fu un evento cosí incasinato, arruffato, un va e vieni di tradimenti, ritorni, alleanze, denaro, voltafaccia, vendette personali, che non mi ci metto nemmeno. Eppure si parte da lí: perché una guerra? Esiste una pace? Cosa vogliono gli uomini? Il potere, il comando, la sovranità certa, ma questi sono solo trofei, non si vince solo per spadroneggiare, si vince per affermare. E affermare cosa?

Vecellio aveva capito.

– Si afferma una visione del mondo.

– Prof, con rispetto, – s'intromise Allegri col suo accento emiliano, – ma a me 'sta versione pare un po' tirata per i capelli. La storia è piena di pazzi che vogliono solo affermare se stessi.

– Intendi Stalin, Hitler e compagnia bella? Ma anche la loro, contorta, spregevole, ingiusta e disumana, era una visione del mondo. Che te ne fai del potere se non hai su chi esercitarlo? «Zitti, ordinati, in fila per due, ché se ve ne state buoni, ognuno al suo posto, funziona». Perversa visione, ma visione. Ma torniamo a noi. Atene e Sparta, dicevamo. Verso la fine di quella tragedia erano tutti stremati, ricordate?

– Io non ricordo niente, – disse Bencivieni, che mancava totalmente di prospettiva.

– Be', sí, – fece la Galizia, – i quattrocento oligarchi imposti ad Atene dopo il disastro in Sicilia.

– Ma non per molto. Alcibiade e Trasibulo mandarono tutto all'aria dopo la vittoria di Cizico, – replicò la De Lempicka.

– Alcibiade, – ripresi, – aveva dentro di sé non un solo *dáimon* ma due, che lo tiravano uno di qua l'altro di là. Pianto e riso, follia e logica, istinto e calcolo, un gran figlio di puttana, un genio fuori tempo. Ma quell'illusione democratica in Atene durò poco. Sparta è lí, pronta ad artigliare di nuovo. Ci fu la breve speranza della vittoria alle Arginuse, ma arrivò come una tromba d'aria il disastro finale di Egospotami...

– Navi ateniesi a pezzi, corpi sparsi fra l'estuario del

fiume e il braccio di mare, – sentenziò Vecellio, che adorava i film dell'orrore.

– Sí, Atene perse per sempre la flotta e ogni speranza. Tornò il governo oligarchico, niente piú ecclesía, niente piú voto popolare.

– I trenta tiranni, – sussurrò la Carriera, che misurava le parole.

– Con a capo Crizia, un uomo orribile. Che c'entrò, ed eccome, con la condanna di Socrate, – conclusi.

Stavamo uscendo dal seminato. Eravamo partiti chiedendoci se Socrate dovesse o meno accettare la pena di morte e ora parlavamo di cose piú lontane. Ma il filo c'era. La scelta di Socrate veniva proprio dalle «cose piú lontane». Era un particolare miniato in un quadro enorme, e quel quadro lo spiegava. La Carriera l'aveva intuito. Era destino che Trasibulo tornasse e cacciasse i trenta relegandoli a Eleusi, come fosse la Repubblica di Salò.

– Adesso comincio a capire, – si entusiasmò Romolo, che nel frattempo stava distribuendo lattine gratis a tutti, – il conflitto, sí insomma quei due modi di pensare che lei prof diceva sarebbero la democrazia e l'altro, come si chiama...

– L'oligarchia.

– Fa lo stesso. Un po' come sinistra e destra oggi.

– Non proprio. Di fatto non si può confrontare la democrazia ateniese con quella odierna. Però oligarchia e democrazia erano due progetti diversi di attenuazione del disordine sociale. Chi vuole chiudersi sul territorio e chi vuole andar per mare. Oggi le cose sono piú complesse, ma questa divisione politica resta ed è figlia, ora come allora, di una ben piú profonda divisione esistenziale che è dentro ognuno di noi. Politica, miti e religioni tentano di mitigarla, addirittura di escluderla, ma è quasi impossibile. Forse, per assurdo, una conciliazione è possibile, ma nella realtà è impensabile per miliardi di persone tutte insieme.

– Socrate la sentiva nel suo *dáimon*, – m'interruppe Merisi, che era già alla seconda lattina di birra e non me n'ero accorto. Merisi era un bastian contrario, una testa calda: e cosí vestiva e viveva. Un attaccabrighe, a volte perfino violento, e come sempre succede le ragazze gli sbavavano dietro.

– Già, Socrate. Perché, secondo voi, Merisi dice questo? – chiesi ai ragazzi.

Ci fu un breve silenzio meditativo. Si guardarono l'un l'altro interrogandosi con gli occhi. Ci provò infine la Galizia:

– Perché è il primo a parlare dell'uomo. Di cosa c'è dentro l'uomo.

– È cosí. Prima di lui si chiacchierava di natura, sole, aria, acqua, fuoco. A Socrate della natura poco importava, e cosí della politica e della metafisica, i sentimenti poi, figurarsi! È Aristotele a dircelo. Eppure Socrate sa che c'è qualcosa di piú alto. E chi glielo ha insegnato?

– Penso sia stato Anassagora, – rispose pronto Robusti. – Per Anassagora esiste un *nous*, una mente, che ordina il disordine, al di sopra della materia. Mi ricordo che quando gli chiedevano se era ateniese, lui indicava il cielo, come a dire che era quella la sua patria.

– E non è l'unica cosa che lo accomuna a Socrate, – s'intromise la Morisot, – c'è anche il processo. Pure Anassagora fu accusato di empietà e condannato.

– Mi viene in mente, – saltò su Mazzola, – che quando Aristofane vuole sputtanare Socrate lo rappresenta a mezz'aria, come a dire che della terra non gliene frega un cavolo, che lui guarda in alto.

– Aristofane era uno stronzo, – Merisi, naturalmente.
– Sta di fatto, – ripresi, – che la materia a Socrate interessa poco. Lui sa che esiste un *nous*. Ma quel che piú conta è l'anima, riflesso del *nous*.

Il tempo andava cambiando. È incredibile come i colori di Milano non si accendano al sole e non sbiadiscano sotto le nuvole: restano uguali, come a dirti che comunque vada la città non si piega a chi o a cosa vuole mutarla. Le sue architetture si alternano nel tempo senza sgomentarti, cambiano in consonanza coi tuoi anni, parallele al pensiero: un film che scorre lento e ti abitua a gradi, finché non te ne accorgi; ti pare allora del tutto naturale che dove c'era il nulla s'inerpichi un grattacielo, perché quel grattacielo ha gli stessi colori del nulla di prima e sono i colori che ti conservano l'infanzia.

– Bene. Di cosa era accusato Socrate in questo benedetto processo? Gentileschi, perché hai detto che fu un processo politico?

– Intanto, prof, – rispose, – non si capisce perché, se a un qualsiasi privato cittadino stava sui coglioni un tale, poteva citarlo in giudizio. Non esistevano pubblici accusatori?

– Non nella democrazia dopo «i trenta».

– Vabbe', ma questi tre stronzi, Meleto soprattutto, non avevano uno straccio di prova per accusarlo di empietà o peggio ancora di corrompere la gioventú... le ragioni sono altre. Anito era un amico di Trasibulo, il capo: Socrate era stato vicino ai «trenta», aveva fatto l'occhiolino, diceva, a Crizia. Alla restaurazione democratica questo non andava giú. E non andava giú che coi suoi discorsi spingesse i cittadini a essere autonomi. *Quella* democrazia livida e rancorosa impecoriva, massificava, Socrate no, lui parlava alle singole coscienze. La corruzione poi! Be', sí, Socrate non bazzicava stinchi di santo, se penso ad Alcibiade, ma c'erano pure menti come Senofonte, Eschine, Platone stesso. Nessuno è mai riuscito a provare che frugasse nelle tasche degli altri. Non amava i comici perché insulsi e pressapochisti e d'altronde Aristofane non fu il solo a deriderlo. Amava Euripide, sí, ed Euripide non era certo un gran bigotto...

– Però, – intervenne Sanzio, – quando il re Penteo se la rise di Dioniso fu fatto a pezzi!

– Chi è Penteo? – saltò su Romolo.

– Sta parlando di una tragedia di Euripide, *Le baccanti*. Penteo è un re che non crede alla divinità di Dioniso e lui lo punisce.

– Sí, sí, quella delle donne che impazziscono e lo ammazzano! – stupí tutti Romolo. – Be', che c'è? Io leggo... Comunque le donne dovrebbero stare a casa a... – gli arrivò un calcio dalla Kahlo. E fu la Kahlo stessa a riprendere il discorso:

– Socrate nella sua *Apologia* è un gigante, non solo per come sbugiarda Meleto. Da dove sono partite quelle dicerie, quelle maldicenze contro di lui? Dal giorno in cui un oracolo lo aveva definito «il piú sapiente tra gli uomini». Ma lui sa solo di non sapere. Sono gli altri, i grossi papaveri, gli scolastici presuntuosi, gli intellettuali di ogni risma a credersi infallibili. Ecco, questo lui ha fatto, ha svegliato i giovani, li ha avvertiti, difesi dalle sparate dell'apparato, dagli stereotipi dilaganti, dai dogmi. Che bello quando qualcuno dei suoi dà per certo un pensiero e lui è lí a pungolarlo, a interrogarlo col suo meraviglioso τί ἐστι; «Che cos'è?» «Non so maestro, non so», sono costretti a rispondere. «Io non credo agli dei?» incalza i giudici: «Ma l'anima, l'anima che è nel sangue, nei muscoli, nella pelle, da dove viene se non da un dio?» E continua: «Ogni cittadino deve mantenere il posto che dio gli ha assegnato e non temere la morte, perché a nessuno è dato sapere se sia un bene o un male». Io me lo vedo, prof, lí, tozzo com'era, impresentabile nel suo stropicciato chitone, dritto, senza paura, pronunciare davanti a cinquecentouno giurati una professione di fede nell'uomo: «La condanna a morte non può farmi del male, lo farà a voi ateniesi». Superbia? Macché, Socrate non si sente superiore, ma intoccabile. È l'uomo che ha combattuto a Delio, a Potidea, ad Anfipoli, che ha salvato la vita al giovane Alcibiade, che non ha mai discusso gli ordini dei superiori, che prova per le leggi un amore e una riverenza assoluta, perché le leggi sono la ragione che si fa vita, il trionfo dell'intelligenza umana. Sa benissimo, Socrate, che quel che dice lo porterà alla condanna a morte, non aspira né all'esilio né alle pene pecuniarie: sarebbero una vergogna a vita. Anzi, quando per soli trenta voti quella condanna si materializza, ha la forza e lo spirito di alzarsi e chiedere che sia commutata in un vitalizio e aggiungere una perla: «Cosí sarete felici, invece di sembrarlo soltanto».

Non è che tutti i miei studenti fossero cosí colti. La Kahlo era un'eccezione. E l'avrebbe confermato per tutta la vita.

– Lo fece «per non riparare un'ingiustizia con un'altra ingiustizia», – chiosò Allegri, – hai detto cosí, Zorzi, no?

– Veramente – rispose Zorzi – l'ha detto Critone. A me, prof, il *Critone* mi spezza il cuore. Un dialogo nudo in una cella, poco prima dell'esecuzione. Vedo le ragnatele, vedo gli scarafaggi, i topi. Non c'è piú tempo per affermare o negare. Non ha piú voglia, Socrate, di avventurarsi nelle sue tirate interminabili; le parole qui sono pietre, non ghiaia come nel *Cratilo*, nel *Prota-*

gora e altrove. C'è un ragazzo, Critone, che ha dentro un tormento vero, non le solite curiosità. Critone non è venuto per sapere, per sciogliere un qualche dubbio, come altre volte. È lí, poco dopo l'alba, mentre Socrate sta ancora bellamente dormendo, ha pagato il carceriere per entrare e ha una paura fottuta che la nave sacra torni da Delo e non ci sia piú tempo per salvarlo[1]. Deve usare un discorso «vero», Critone, come gli ha insegnato il maestro, ma dentro di sé sa che il suo è un tentativo disperato. Critone gli propone di fuggire, è già tutto preparato. Gli ricorda gli amici che lo attendono, i figli che lascerebbe allo sbando: hanno tutti bisogno di lui vivo, della sua voce, morto lui non sarebbe che silenzio. Socrate tira fuori il capo dal mantello e sorride; è di una lucidità impressionante, una sola stella polare gli ha indicato per tutta la vita la strada: la ragione. Il «vero» e il «giusto» non hanno affluenti o emissari, le emozioni non possono interferire, non esiste una rete per l'acrobata. O voli e afferri il trapezio o cadi. Sopra gli uomini ci sono le leggi. E ora, presenze invisibili, sono lí con loro in quella cella. «Perché vuoi farci del male?» dicono. «Non ti abbiamo educato? Non hai voluto tu rimanere in questa città? Che cittadino sei mai? Non ci hai votato tu, proprio tu? In quale altra città accoglierebbero uno che ha violato le leggi della sua?» Chi si fa beffe delle leggi sarebbe visto ovunque come uno che può anche plagiare, corrompere i giovani o deridere gli dei. Potrebbe mai piú essere credibile? Lo considererebbero un vile, un profittatore che si è artigliato come un parassita agli ultimi anni che gli restano. Un Socrate immaginario, la sconfitta del pensiero, del «discorso

[1] Non si potevano eseguire condanne capitali prima che fosse tornata la nave sacra da Delo [*Nota di Zorzi*].

vero». Lei mi chiede, prof, se Socrate doveva scappare? Io sarei scappato, lei pure forse, perché siamo tutti bravi a trovar scuse e a rappezzare la vita. Socrate no: «Οὐδεὶς ἐλεύθερος ἑαυτοῦ μὴ κρατῶν», nessuno è libero se non è padrone di se stesso, e qui sta la differenza. Noi siamo servi di noi stessi per convenienza, per abitudine, necessità, paura, calcolo o semplicemente istinto di conservazione, ma comunque servi.

– Sí, ma che esagerazione! – lo interruppe Romolo, che proprio non ne poteva piú. – Queste sono martellate sui coglioni. Le leggi? Le leggi mica sono infallibili, le leggi si cambiano... mi sembrate tutti dei pazzi. E poi quel vostro Socrate, minchia che presuntuoso, che spaccacazzi con tutti quei principî del cavolo! E cosa c'è di tanto eccezionale a dire che qui c'è il bene, là c'è il bello? Lo sapevo anch'io senza tutte 'ste scene melodrammatiche. Sapete cosa c'è? Che voi «classichini» non fate che andar per nuvole e, scusatemi, farvi le seghe con stronzate preistoriche. Siamo quasi nel 2000! E il lavoro? Le pensioni? I migranti? Ce l'aveva il vostro Socrate una risposta a 'ste cose? O non c'erano ai suoi tempi? Realtà, perdio, un po' di realtà!

Sembrava Arlecchino entrato al terzo atto del *Macbeth*. Scattò un lungo applauso, qualcuno andò persino ad abbracciarlo, seguí il coro «Perché è un bravo ragazzo...»

Romolo ci mandò tutti affanculo ridendo come un bambino. Bofonchiò un: «Ma io volevo dire che... forse non avete capito». Gli dissi che Nietzsche, che pure era Nietzsche, la pensava come lui. Nietzsche gli andava a genio, forse perché anche lui, come tanti, aveva frainteso la definizione di «superuomo». Potevamo dirgli che tutti i problemi che aveva tirato fuori si risolvono col pensiero, con la ragione? E che tutte quelle «seghe», come le aveva chiamate, vengono prima, prima di mettersi insieme, di organizzare una civiltà? Socrate parlava di radici, non di rami, e i «classichini» saranno pure un po' cialtroni ma non si masturbano, forse ingravidano il mondo con un seme che si chiama cultura, danno un senso e un nome, ché le cose senza un nome restano cose.

A quel punto si era messa un po' in caciara, vuoi per le birre che spuntavano da chissà dove (e io a requisirle), vuoi per Merisi che cominciava a palpeggiare le ragazze, vuoi per l'ora che volgeva il disío, ché la maratona Socrate era durata anche troppo. Guardavo la Gentileschi e pensavo che mai Socrate aveva definito il corpo come una prigione dell'anima. E mi montava in testa la sorpresa che avrei fatto a tutti loro, alle loro certezze sull'infallibilità della ragione.

– Ci manca il *Fedone*, – li richiamai all'ordine. – Sí, lo so, Socrate ha già spiegato perché non vuole scappare, ma il *Fedone* è l'atto finale, il momento della rivelazione suprema.

Il *Fedone* era «proprietà» della Gentileschi. Se l'era studiato punto per punto.

– Sí, – prese la parola, – il *Fedone* è il canto dell'anima, l'annuncio di fede nell'immortalità. L'aldilà in un certo senso era sempre stato triste o addirittura inesistente prima di Socrate. Odisseo non riesce a stringere a sé la madre, i filosofi si imbevono di materia, Esiodo crea genealogie di divinità imperturbabili, perfino stizzite, Zeus non salva nessuno: si scopa tutte e tutti. Alle domande di Simmia e Cebete, due tebani, Socrate risponde che la vita dell'uomo saggio è «una lunga pratica di morte», perché non si cura del corpo. Il *logos*, il pensiero, dal corpo deve lentamente separarsi per non essere contagiato dalle sue debolezze, infermità. L'amore, che poi è un tutt'uno con il pensiero, non aspetta altro. Doveva esserci quel giorno un'attenzione assoluta, un pathos infinito. Simmia e Cebete provano timidamente a chiedergli: «Ma l'anima non muore?» È la grande domanda, la madre di tutte le domande. Socrate allora tira fuori la «teoria dei contrari»... Dalla vita alla morte si passa come dalla veglia al sonno, ma il processo non può finire lí. Se dal sonno si ritorna alla veglia, dalla morte si deve ben tornare alla vita o in altre forme, come sostengono alcuni, o nella stessa forma. E se questo avviene, e avviene, è l'anima a dettare la continuità, a non finire mai, a rigenerare.

– Ho capito, – fece Romolo, – è come la reincarnazione degli indiani. E voi credete a quella roba lí?

– No, – gli rispose Allegri, tirandogli una pacca sulle spalle. – Tu pensa se ti reincarni in uno juventino comunista! – e si beccò un vaffa. – Socrate cita solo una credenza; non è quella a interessarlo. Come torni o non torni l'anima è secondario. Quel che conta è che sia immortale.

– Ma perché – ci riprovò Romolo – gli dei sono immortali e agli uomini tocca questo andirivieni?

– Per la semplice ragione che gli dei non esistono. Sono solo quello che vorremmo essere.

– Non esiste Dio?

– Non esistono gli dei. Una mente divina esiste eccome.

– Ma come?

Intervenni:

– Invece di ciabattare su argomenti che ci vorrebbero gli stivali, quagliamo. Quest'uomo, Socrate, «commosso» nel senso che si muove insieme agli altri, è il primo ad averci ficcato un'anima dentro che non sia spirito aereo, ma intelligenza, pensiero. Lo spirito, quello eterno, è fuori, immutabile, e a lui si conformano le leggi.

– Quest'uomo che dice il prof, – riprese Negretti, – ha intuito che esistono un vero, un bello e un giusto assoluti, di là di questo mondo dove tutto è relativo e il bene di qualcuno può essere il male di un altro e tutto dipende dalle circostanze, dai frangenti, dalle tentazioni, dall'ignoranza, dagli umori, dai capricci del nostro corpo. E quindi se noi sappiamo, e il saggio lo sa, che al di là di tutto questo esistono un bene e un vero assoluti, dobbiamo averlo imparato non qui ma prima di nascere, e di conseguenza siamo vissuti anche prima. E chi ci ha trasmesso queste informazioni? L'anima, che quindi non muore mai.

Tutto d'un fiato.

– Ma siccome Simmia e Cebete, – intervengo io, – come Romolo riprendono a dubitare, Socrate prova ancora a rassicurarli. Socrate non sa se esistano fiumi infernali o roba simile, ma ha la convinzione che le anime non debbano girovagare in eterno: esiste un limite. Per quelle macchiate da colpe imperdonabili il Tartaro, le altre, quasi preveggenza cristiana, finiranno in un luogo di beatitudine.

– Trovo bellissimo – s'inserí la Morisot – che in punto di morte Socrate esprima il suo unico giudizio non razionale. Mi sono segnata la sua frase... eccola... «Non ne sono sicuro, ma trovo giusto correre il rischio di crederci, perché il rischio è bello». Socrate! Il rischio!

In quel momento nessuno di loro si sentiva piú nel centro di una città dove sferragliavano tram, ansimavano podisti, passeggiavano mamme con le carrozzine, ma in uno slargo immenso dove l'Arco della Pace spariva per il Pritaneo, i portici per i Propilei e giú giú una sterminata fila di tetti fino al Pireo.

Capii che era giunto il momento.

«La giornata di follia» non è una lezione, seppure all'aperto. È gioco, sfida, provocazione. È gettare un sasso e contare i cerchi che si allargano sull'acqua. Porte che si aprono su altre porte, senza mai fermarsi alla prima. È il giardino di Borges. Una finta finzione che conduce a un'altra verità. «La giornata di follia» è la probabile invenzione, il *clinamen*, lo scarto della pernice al suono dello sparo; è libertà, interpretazione, è raspa e bulino sulla grettezza del reale, è creazione o ricreazione di una diversa plausibile storia. È infine teatro, teatro totale.

Era giunto il momento, sí. Sorrisi alla Gentileschi, che ricambiò il sorriso.

– Fuor di filosofia, – esordii, – c'è stato qualche atteggiamento di Socrate che vi ha colpito, qui, nel *Fedone*?

Partí Zorzi: – Quando Socrate accarezza i capelli a Fedone e gli dice per scherzo che se li taglieranno tutt'e due, i capelli, se non riusciranno a convincere Simmia e l'amico. A me è capitato. Se riesco a farmi quella ragazza mi taglio i capelli, ho detto, e cosí è stato.

– A me, – saltò su la Galizia, – quando gli chiedono come vuole essere seppellito e lui risponde: «Sempre che riusciate a prendermi», perché pensava all'anima.

– L'esempio sulla reminiscenza, – si aggiunse Robusti. – Un innamorato, se vede la lira su cui la sua donna suonava, rivive lei, il suo ricordo, il suo corpo. È come per noi quando sentiamo una canzone.

– Il *Fedone* – esplose la Gentileschi – ci ha entusiasmato. È il dialogo piú totale di Platone, il piú sentito, vale per sempre, è eterno. Noi tutti, se ne sarà accorto, daremmo l'anima per essere stati lí quel giorno in mezzo ai discepoli ad ascoltarlo, a pendere dalle sue labbra, a stringerci in qualche commozione l'un l'altro. Chissà in quanti erano, chissà cosa avranno provato, quanto avranno pianto! E lei no?

– Io no.

Silenzio, gelo generale.

– E... e... perché?

– Perché quel dialogo non è mai avvenuto. Non c'era nessuno in quella stanza. Socrate è morto solo.

Per una bizzarra coincidenza partí un primo tuono e cominciò a piovigginare. In un amen s'ingrigí il parco, sfumarono le figure, girò il mondo fuori, e dentro.

Ammutoliti, poi sconcertati, increduli, delusi, derubati. Per un po' non accadde nulla. La pioggia stava aumentando ma nessuno se ne curava, c'erano gli alberi, c'erano i cappucci. Stavano lí a guardarmi come se avessi violentato le loro madri e le loro sorelle.

– Lei scherza, vero? – sussurrò un Negretti stranito.

– Non sono mai stato cosí serio in vita mia.

– Lei ci sta dicendo che Platone non ha mai scritto...

– Hai capito male. Platone ha scritto il *Fedone* e il *Fedone* è un dialogo meraviglioso.

– Ma allora?

– Io ho detto che quell'incontro, quell'ultimo incontro, non è mai avvenuto. Socrate è morto solo nella sua cella.

Adesso sí, adesso volevano parlare tutti insieme.

– Ma come fa a dirlo? – la Gentileschi.

– Ma dove sta scritto? – la De Lempicka.

– Ce lo provi, se ci riesce, – Zorzi.

– Platone ha scritto un falso? – Vecellio.

– Io torno a casa, – la Morisot.

– Io di qui non mi muovo. Voglio proprio sentirla 'sta puttanata, – Bencivieni.

– Perché non ci facciamo un'altra birra? – Merisi.

– Mi si è pure rotta una calza, – la Galizia.

– Spari, spari, siamo tutt'orecchi, – Robusti.

– Adesso calmatevi. E riparatevi. Vediamo di essere seri. Che prove abbiamo che Socrate abbia tenuto quest'ultimo incontro proprio il giorno dell'esecuzione?

– A iosa. Platone in primis, e poi Senofonte, Plutarco, Fedone stesso, i registri del tribunale, Aristotele, quante ne vuole ancora? – la Gentileschi.

– Vi sfugge un piccolo particolare: Platone non c'era, proprio quel giorno era a letto con quaranta di febbre. Sia vero o no, lo vedremo dopo. Fatto sta che quell'ultimo incontro è proprio Fedone a raccontarlo, e nemmeno in Atene, ma in un paese a casa di dio in Argolide. E lo racconta a un certo Echecrate che lo ospita durante un viaggio. È la prima volta che Platone se ne sta fuori e usa un espediente che potremmo definire metadialogo. Mi spiegate perché?

Silenzio.

– Senofonte – riprendo – all'epoca dei fatti era impegnato a tagliar la corda altrove dopo la sventurata avventura con Ciro, l'*Anabasi* cioè. Cosa ha visto? Niente. Cosa sa? Quello che credono di sapere tutti.

– Ma Senofonte dice – provò la De Lempicka – che quel giorno la cella era piena di amici e c'erano pure la moglie in lacrime e i figli.

– Senofonte – le rispondo – conosceva il «vero» Socrate piú di tutti, e lo amava profondamente. Non gli ha mai messo in bocca discorsi aerei sui massimi sistemi. Niente vero assoluto, bene assoluto. Nei suoi *Memorabili* parla di virtú, verità, coerenza, ricerca del meglio, quello che noi chiamiamo Etica per intenderci, altro che iperuranio. Senofonte non è un filosofo, è uomo di fatti, comportamenti. Socrate è il suo idolo, è l'uomo che pensa, non il pensiero in un uomo come per Platone. È romantico. Il suo idolo deve per forza essere andato incontro alla fine come in trionfo, in mezzo a tutti. Plutarco è lontano centinaia di anni e vive in una leggenda. Aristotele, per come lo tratta, manco sa se sia veramente esistito...

– Ma prof, – la Carriera, – Fedone ci riferisce i nomi di tutti quelli che erano presenti.

– Bene, qui vi volevo. Ne riconoscete qualcuno? Epigene, Eschine, Critobulo, Ctesippo e via dicendo. Anonimi o semplicemente girelloni prestanome, a cui non pareva vero di essere citati anche se assenti. Ma poi, pensateci bene, con tutti quegli ateniesi presenti, con chi va a dialogare Socrate? Con due carneadi di Tebe, tali Simmia e Cebete. Degli ufo.

– Ma Eschine? Eschine era noto eccome!

– Non è l'oratore famoso, Morisot, è un suo omonimo. Plagiò dialoghi a destra e a manca e a Platone stava ovviamente sui coglioni.

– E l'Eliea? Gli atti?

– L'Eliea è un tribunale alla viva il parroco. Si perde e si trova quel che si vuole. Siamo in restaurazione democratica, l'Areopago non conta piú. Poi il processo fu tenuto all'aperto. Ma torniamo un attimo a Critone. Come fa Critone, qualche giorno prima, a incontrare Socrate?

– Niente, entra. Era permesso visitare i condannati a morte.

– Era permesso fino a un certo punto e non gli ultimi giorni.

– E perché?

– Per evitare una fuga o il rischio di un suicidio che avrebbe ridicolizzato la condanna.

– E allora Critone?

– Critone corrompe il carceriere. È sommerso dai sensi di colpa e ha già il denaro pronto per far evadere il maestro. Parte di quel denaro scivola nelle tasche del carceriere. Critone è l'ultima persona ad averlo visto vivo. Altro che moglie e figli. Che poi Socrate aveva avuto due mogli. E l'altra perché non s'è presentata?

Cominciava a spiovere. In lontananza grida di gioia dei bambini. Passarono i soliti ciclisti orfani di strisce zebrate.

Coglievo un silenzio non piú stupito ma pesante, curioso. Doveva arrivare *quella* domanda e arrivò dalla Kahlo:

– Ma... ma prof, perché mai Platone ha messo su 'sta commedia? Perché scrivere un dialogo mai avvenuto?

Ecco cos'è la «giornata di follia».

– Ascoltatemi, e non fatelo solo col cervello, metteteci dentro anche qualcos'altro. Platone non poteva permettere per sé, per la sua coscienza, per quelle mura, per le navi di Temistocle, per la primavera di Pericle, per i morti di Salamina, per gli addii di Saffo, per gli eroi disperati di Sofocle, che quel dialogo infinitamente bello, infinitamente unico, quel dialogo che aveva ribaltato il mondo e il senso dell'uomo e del suo viaggio, che quel madrigale di felicità sull'immortalità dell'anima non ci fosse mai stato. E non poteva permetterlo per noi che saremmo venuti dopo negli anni e nei secoli. Quello era il momento della verità, dell'assoluto, dopo aver sballottolato la ragione tra essere e divenire, se fosse piú giusto il pensiero debole o il pensiero forte, credere in un dio o al nulla: era il momento di tirare una riga sulle apparenze, di mettere a margine ciò che è inutile, perché l'unica cosa che conta è l'uomo nel suo orgoglio di vivere, il vero che non ha scappatoie, il bello che illumina l'esistenza. Platone, che aveva seguito passo su passo, giorno dopo giorno un maestro cosí grande e aveva mangiato e bevuto ogni sua parola, vagliato ogni suo concetto, l'uno cosí slegato dall'altro, un mare di stelle sparse a caso, di quelle stelle ne fa una costellazione. Perché non è piú Socrate che parla nel *Fedone*, ma Platone stesso. Sparisce l'artista di strada, quello dei giochi di prestigio, quello che incantava col violino, quello delle sublimi pitture sui marciapiedi, e si presenta l'uomo di teatro, il copione sottobraccio, le parti assegnate, il finale magico a sorpresa. Colpo di scena: non sono di Socrate le «idee». Sono sue. Era il teatro che Platone amava, non quello degli sgangherati saltimbanchi, dei comici irriverenti, dei favolisti sdolcinati, copia confusa del vero come quello dei poeti prezzolati a inseguire nuvole, o dei musici che danno ai giovani finzioni da applausi, no, no. Il suo *Fedone*, il suo dialogo mai avvenuto, è il piú avvenuto di tutti, perché Platone non ripete quel che ha sentito ma inventa, per bocca di Socrate fa quel che Dio ha permesso agli uomini per imitarlo: crea. Si mette da parte, fa narrare a un altro, non è piú autore, è *poietés*, non ascolta, non commenta, fa. L'immaginazione rende immortale la realtà: la vita scade nell'attimo, il teatro eterna la vita. E il pianto di Critone e Apollodoro all'ultimo respiro del maestro ci restituiscono, dopo tanta «ragione», dopo tante ginnastiche di logica, ciò che un semplice trattato filosofico non poteva mai darci, la vittoria nonostante tutto della commozione umana.

A ripensarci a distanza di anni, a ripercorrere quelle «giornate di follia», non so ancora dirmi se li ho o meno ingannati, i ragazzi. Li ho ingannati, ed è facile scoprirlo per qualsiasi esperto, sulla morte solitaria di Socrate, ma io volevo arrivare ad altro, e non c'era altra strada. Volevo arrivare all'unicità di Platone, al suo cuore.

Questo era il gioco, questa la sfida delle «giornate di follia»: aggirare l'ovvio, non ripetere il risaputo, bucare il tempo, aprire strade, sondare il possibile, il parallelo, l'alternativo. Perché noi siamo in un labirinto di stanze che danno una nell'altra e restiamo sempre fermi in quell'unica che crediamo certa, per paura di perderci, disperderci.

L'avventura di quegli anni fu magnifica perché niente ci era precluso in quei voli a vela, ma mai li ho lasciati, i ragazzi, lassú. Poteva durare anche a lungo questo aggrovigliarsi di nuvole e mondi, ma si atterrava, prima o poi si atterrava sempre.

Quando confessai loro che mi ero inventato tutto, dissero che lo sapevano già, ma che da quel giorno avevano amato molto di piú Platone.

E la De Lempicka aggiunse:

– Guardi, prof, lei non è certo Socrate, ma quando tirerà le cuoia, non si preoccupi, saremo tutti in quella stanza.

Alda

La prima volta fu a una trasmissione televisiva, una di quelle dove si stava seduti come ad aspettare il tram e a fare i piacioni con il controllore. In mezzo a una serie di squittii, urletti e stronzate pseudosociali, lei prese il volo e fu la sola, ché degli altri non importò piú niente a nessuno. Vaneggiava verità con quella sua grottesca voce da clown che si strucca dopo lo spettacolo: via la parrucca, via la tintura, via la palla rossa dal naso.

Le chiesero: «È vero che lei non ama le donne?», «Le odio, – rispose calma, – sono infide, perverse e contagiose, soprattutto quelle belle». Nel po' po' di sconcerto una delle comparse provò a inchiodarla: «E se lei fosse bella?» «Io sono bella, ho frotte d'uomini che non mi danno respiro. E poi io sono io».

Ma non stava bluffando, non stava gonfiando, non lo faceva per stupire. Gigioneggiava, era il suo stile naturale.

Sul taxi che ci riportava in albergo mi mise una mano sulla coscia e mi chiese: «Ti sono piaciuta?» Non era né un'avance né un gesto di affetto, era per misurare chi ero, una ricerca di affinità.

Avrei imparato dopo, molto piú avanti, questo suo modo di esplorare, l'avventura di un intreccio misterioso fra carne e anima, un primo indizio labile, lo stupore dell'intelligenza che fa a botte con ogni nuovo desiderio, il sesso come una proprietà della mente, ma allo stesso tempo spontaneità di un animale. Viverselo dentro, ché appena fuori è già d'altri, è fuggito.

Per me vennero poi altre cose che furono figli e sbronze, e il giorno che mi s'inceppò il cuore e mi dissi Eccoci, ci siamo, è cosí che si va via? Da un momento all'altro?

Sí, è cosí, ma non allora.

La ritrovai per caso che si strascicava per i Navigli. Ero passato a cercare un mio amico pittore, Jacques, che sosteneva che un artista deve dipingere un unico quadro. Il suo era dodici metri per sei e in cinque anni aveva dipinto solo lo sfondo.

Alda correva a piccoli passi saltellanti con un filone di pane sotto il paltò perché pioveva e non voleva che si bagnasse.

– Ah, sei tu? – disse di sbieco, come se avessimo giocato a briscola giusto la sera prima.

– Ma... un ombrello? – le chiesi.

– Non ce l'ho, le cose che servono mi danno noia.

– Ti accompagno –. C'era solo da girare l'angolo: abitava in Ripa di Porta Ticinese.

– Vieni su che mangiamo, – mi fece gocciolante.

Avevo tempo e avevo una gran curiosità.

– E cosa mangiamo? – chiesi allegro.

– Pane.

– Pane? E poi?

– Pane e basta, questo filone me lo porto avanti per tre giorni. Un po' lo inzuppo nel latte... il latte me lo sono dimenticato... vabbe', faremo con l'olio. Il resto lo tagliamo a pezzetti e ce lo friggiamo.

Niente luce elettrica, gliela avevano staccata.

A sinistra quella che sembrava una cucina. Sul davanti una stanza, o meglio un letto enorme con intorno una stanza. Il letto era anche tavolo e armadio. Buttati su in disordine sparso: due vestiti a fiori, un mandolino rotto, due galosce, un rotolo di carta igienica, bollette non pagate e una trota.

– Ah, facciamo un po' d'ordine, – disse accendendosi una sigaretta, la terza da quando c'eravamo incontrati. Pensavo che avrebbe tirato giú tutto per metterlo da qualche altra parte; invece prese una coperta e la buttò su quel casino, come se a non vederlo non ci fosse piú.

Chiesi del bagno e nel sollevare l'asse del water ci trovai dentro un rotolo di soldi.

– Ma Alda, hai buttato via trentamila lire!

– Erano tutte sporche, non mi andavano.

C'era in lei immediatezza senza calcolo. Non misurava le cose, e gli uomini, per il valore, ma con l'empatia, con una sorta di ordine emozionale. Per un istante mi chiesi cosa ci facevo lí, ché non ero né amico né ammiratore e tantomeno amante. Poi, mentre masticava cubetti di pane, *crack crack*, tirò fuori da un vaso un mucchietto di matitine tenute insieme da un elastico. Me ne diede una.

– Prendi quel giornale, – disse.

– Quale?

– Uno qualunque, cercaci uno spazio bianco, – era un ordine.

Trovai una pagina a caso.

– Ora scrivi, – e cominciò a dettare, sillabando come se le parole fossero prigionieri che spaccano una cella. Non un inciampo, non una correzione. Seguiva il ritmo di un disegno che aveva già chiaro per intero e doveva dirlo, con assoluta urgenza, perché a scriverlo lei stessa avrebbe perso l'attimo poi irrintracciabile del sentirlo cosí; il tempo della matita sul foglio avrebbe interrotto il flusso dell'invenzione.

Cosí imparai come componeva Alda: dettava. Dettava ovunque ci fossero fogli, muri, biglietti del tram, conti della spesa, a casa, al bar, in latteria e soprattutto al Chimera, che era il luogo d'incontro con Tondelli, Roberto Volponi (figlio di Paolo), Raboni. Le scattava come un incontenibile spasmo di parole, una follia di fiato che riempisse il bianco, per graffiare il vuoto del mondo. Avrebbe urlato, si sarebbe dimenata, sarebbe scoppiata in pianto se in quel momento, in quel preciso momento, non avesse potuto comunicare.

E in quel mio preciso momento la vidi come una Pizia che ha una rivelazione, occhi spalancati al cielo, e ti rende parte di un mistero svelato, e tu sei lí, unico fra tanti a vederlo aprirsi e, dietro, luce.

Diventammo perfino tecnologici. Ci accordammo cosí: io vengo col registratore e la chitarra. Suono. Tu ti appoggi alla melodia, ti lasci andare, reciti quel che ti pare.

Fu una bella idea, però alla lunga vidi che tutte quelle chincaglierie moderne la rendevano vagamente ansiosa.

Un giorno, per la fretta, dimenticai il registratore a casa.

– Tu suona lo stesso, – mi disse.

– Ma Alda, – provai a ribattere, – cosí comporrai per niente, chi se le ricorderà le parole?

– Tu suona! – e fu un ordine.

E allora capii. Non le importava affatto che stessimo registrando o meno. Alda Merini era attraversata dalla poesia, non contava che rimanesse su un foglio o su un nastro. Lei la donava. La donava attraverso una porta aperta, non si sa tra chi e che cosa. Le sue parole si perdevano nell'universo come pura vibrazione, energia dell'anima.

A volte Dio
uccide gli amanti
perché non vuole
essere superato
in amore.

I poeti temono di offendere iddio,
ma i poeti nel loro silenzio
fanno ben piú rumore
di una dorata cupola di stelle.

Io ero inebetito e felice, preso nell'assurdo di un alfabeto di spilli sulla pelle, convinto in quei giorni al miracolo di un amore che si fa materia e vola: era la sua diritta assonanza tra parole e cuore. Niente stilismi, dadaismi, men che meno surrealismi cerebrali e accademici; nessuna pretesa di stupire con acrobazie sintattiche, metafore contorte. Lei era vita, vita donata, appunto, all'ascolto o al non ascolto, bastava che le sue parole le intendesse Dio, immaginai da stupido.

Quella donna era stata rinchiusa anni in manicomio a Milano, e da un altro manicomio era da poco tornata, quello di Taranto. Quella donna aveva riempito gli infiniti silenzi parlando ad alta voce in forma di un quotidiano eterno, tra le urla intorno e le porte sbattute, ricostruendo a occhi chiusi il profilo delle figlie e degli amori, non come noi li intendiamo, solo sembianza di qualcosa d'inarrivabile, consolazione nel possibile, distrazione e, nei brevi risvegli, tormento.

Abbi pietà di me che sto lontana
che tremo del tuo futile abbandono
tienimi come terra che pur piana
dia nella pace tutto il suo perdono

od anche come aperta meridiana
che dia suono dell'ora e dia frastuono,
abbi pietà di me miseramente
poiché ti amo tanto dolcemente.

Non aveva la minima idea di cosa fosse per lei il futuro, e non quello tra venti o trent'anni, quello del minuto dopo.

Una volta volle prendere il taxi per andare in un negozio che si trovava lí girato l'angolo.

– Ma Alda, ci arriviamo a piedi –. Manco a parlarne. Prendemmo 'sto taxi. Il conducente si volta e la riconosce:

– Signora Merini, che onore! – Lei gongola, è vanitosa, vulnerabile a queste cose.

– Vedi che sono famosa? – mi fa.

– Mia figlia sa le sue poesie a memoria, – incalza il tassista.

E mi becco una gomitata al fianco. Arriviamo. La corsa costa cinquecento lire.

– Non le voglio, – dice il tassista, – ve la regalo.

– No, no, – fa Alda, – i tassisti vanno pagati –. E tira fuori una banconota da cinquantamila lire dal reggiseno, ché è lí che li tiene, i soldi. Quello smanetta in tutte le tasche per cercare il resto.

– No, no, – fa Alda, – li regali a sua figlia.

Scendiamo. Lei si rimette le mani nel reggiseno, mi guarda:

– Non ho piú soldi. Mi presteresti due o tremila lire? Devo tirare fino a domenica.

La notte mi chiamava fra le tre e le quattro. A volte mi strimpellava qualche polka o in casi piú rari Schubert, che mi faceva l'effetto di due Tavor. Altre volte me la contava su per mezze ore: «Cosa devo fare col prete? È innamorato di me. Be', anche a me piace, ma è un prete. Poi *l'è bel*, una ravanatina gliela darei». «Vogliono farmi un servizio fotografico. Gli ho detto: "O nuda con una collana di perle o niente!"» «Senti, senti», rumori di fondo, aggiustamenti, un do, un mi: «Ecco ascolta, l'ho proprio imparata bene». E mi canta la piú brutta versione di *Luci a San Siro* che abbia mai sentito.

A proposito di preti. Un giorno prende e scrive al cardinal Tettamanzi: «Monsignore, siamo molto malcontenti del comportamento del nostro parroco, che chiede l'elemosina a tutti senza far visita agli anziani. Non sappiamo niente della sua vita privata alquanto sospetta».

Trattava le cose come fossero lo scarto delle parole, una serie di faticose complicazioni che «uno deve farle fare agli altri», come rivela l'episodio dei soldi nel water.

Ma era solo la superficie. Dentro Alda si muoveva un vento di tempesta dove mille marinai cercavano di assicurare le barche al molo, altri mille, incoscienti, sfidavano il mare per vedere fin dove potevano spingersi, e relitti e ondate e gabbiani stridenti. E allora:

Il mio primo trafugamento di madre
avvenne in una notte d'estate
quando un pazzo mi prese
e mi adagiò sopra l'erba.

ma anche:

Il mio primo trafugamento di donna
avvenne in un angolo oscuro
sotto il calore impetuoso del sesso
ma nacque una bimba gentile

con un sorriso dolcissimo
e tutto fu perdonato.

All'improvviso se ne uscí:

– Quella Cappuccetto rosso era una gran puttana.

– Cappuccetto rosso?

Eravamo sdraiati sul letto, lo sguardo al soffitto.

– Sí, mica crederai alla balla del lupo!

– Il lupo?

– Il lupo, che lupo non era, se l'è ingroppata nel bosco e poi è corso a ingroppare anche la nonna.

– E il cacciatore?

– È un aggiustamento cattolico, il cacciatore non è mai esistito.

Alda era di una pigrizia inimmaginabile, non sopportava i viaggi, gli spostamenti. Le avevo chiesto piú volte di venire a un mio spettacolo, le avevo detto che l'avrei portata io e che avrei tenuto liberi tutti i posti intorno. Troppa fatica.

Finalmente in un inaspettato momento di socializzazione mi disse sí.

– Prendo un taxi e vengo per conto mio.

– Sono al Teatro Nazionale, – le precisai, – si comincia alle 21.

Quando arrivò entrò e si stupí di vedere una grande orchestra nel golfo mistico e ballerine che volteggiavano sul palco. Era andata al Teatro Smeraldo, non al Nazionale.

– Ma potevi prendere un altro taxi e venire da me.

– Ma no. Già che ero lí mi son vista tutto lo spettacolo.

Rimediare a una complicazione, per lei, significava

accettarla. Se soffro mica mi metto a consolarmi, mi tengo il dolore.

A leggerla come l'ho sempre letta io, cioè a viverla, Alda è il capo finale di un filo che ha attraversato tutta la poesia femminile da Saffo in poi. La donna, in poesia, vive il tormento come un massacro della carne, un offuscamento del pensiero, una ferita che non si rimargina. Combatte, soccombe e si rialza. Minacce, abbandoni, vendette, ma ogni abbandono è l'abbandono di sé. Ogni vendetta è una sconfitta della memoria. La poesia al femminile è corpo, sangue, sudore. L'addio è uno schianto, non c'è consolazione. È totale il darsi, stralunarsi, vivere l'atto d'amore come una creazione e una spudorata perdizione. Cosí Saffo:

Tramontata è la luna
e le Pleiadi a mezzo della notte
anche giovinezza già dilegua,
e ora nel mio letto resto sola.

Scuote l'anima mia Eros,
come vento sul monte
che irrompe entro le querce;
e scioglie le membra e le agita,
dolce amara indomabile belva.

Ma a me non ape, non miele;
e soffro e desidero.

O piú teneramente nella Comtessa de Dia, grande cantatrice provenzale, al ricordo di Raimbaut d'Aurenga:

Or debbo cantar ciò che non vorrei
tanto è il dolore per lui cui sono amica...
... mi sorprende che il vostro cuore ormai sia duro...
... non altro amore vi porti via da me...

Ma qui c'è ancora il pudore di chiedere: «Forse è colpa mia?», che non basta però a concludere:

> Vorrei sapere, mio gentile amico
> perché tanto dispregio e crudeltà
> se è solo orgoglio o maledetto umore.

Questo stato d'animo, questa colluttazione emotiva, è lampante in Louise Labé, stravagante poetessa francese del Cinquecento:

> Io vivo, io muoio, mi brucio e mi annego
> ho caldo estremo, mentre soffro il gelo...

> ... lacrimo e rido nello stesso tempo
> assai gravi tormenti ho nel piacere.

È nel nostro Rinascimento che la poesia al femminile esplode in tutta la sua fisicità. Veronica Franco, la cortigiana veneziana per cui tutti spasimano, soave musicista, determinata lottatrice per la parità di genere, quando il suo Marco Venier le volta le spalle, scrive:

> Piú che la carne inquieta
> mi rimorde l'amore
> beffata dal destino
> e schiava del mio sesso
> l'ebbra mia gelosia
> spegne in un mutuo amplesso
> una fiamma lasciva
> fredda e senza splendore
> amo quell'armi stesse
> che m'han tolto l'amore.

Per non dire del sublime verso di Gaspara Stampa, perfetta sintesi che fece impazzire D'Annunzio: «Vivere ardendo e non sentire il male».

È questa la donna-poesia. Questa è la Merini: non c'è prima e non c'è dopo, amare è guardare contemporaneamente il baratro e il cielo. Questo ossimoro, questo rimbalzo, questo essere e non essere dell'amore in stato di perenne ansia e paura di perdere, non comprende amicizia, non prevede affinità; domina incontrastata, irrazionale, la passione.

Alda è come l'apice di una tensione secolare, lo sfogo di un silenzio protratto troppo a lungo, rotto solo a sprazzi e sbocciato nel nostro Rinascimento.

Alda non è del Novecento. Il suo verso non ha niente a che fare con surrealisti, vociani, ermetici o che dir si voglia. È un unicum, come Dino Campana sull'altra sponda. Alda non scrive, parla. Raccoglie da uno sterminato giardino di parole solo quelle, non tante, che contano. Nell'oceano della saccenza poetica maschile, Alda ci addita i mari, i fiumi, i ruscelli, i pozzi. Le sue distorsioni diventano immediate verità. È quel che resta se togliamo da un campo senza profumo l'unica cosa che conta, il fiore.

Ti amavo
eri una riviera incantata
sopra cui
io avrei preso
le mie primissime nozze.
C'è un tempo
in cui le donne
diventano ragazze
e portano i fiori
dei loro ricordi
ovunque,
il tempo di una messe serena.
Ma c'era anche in me

la gabbia del manicomio.
Io avrei voluto
che tu vedessi la pena
di quell'atroce campo.
Misi le mie piume migliori
e venni a battere
alla tua finestra.
Non aprí nessuno
tu eri partito
per altri amori.

È un inedito, che io solo possiedo.
A Dylan, la Alda dovrebbero tradurgliela.

Radici

Mora oggi per traslato vuol dire ritardo di pagamento, ma il verbo *morari* in latino significa soffermarsi, indugiare, perché la *mora* è l'unità di emissione vocalica, cioè dà la misura di quanto ci si soffermi, recitandola o cantandola, su di una vocale. Se la vocale è breve (◡) è composta da una sola *mora* e si pronuncia chiusa (é). Se è lunga (–) è composta da due *morae* e si pronuncia aperta (è) o doppia (ee). Questa sembra una presuntuosa inutile sparata accademica di uno che se la tira, e infatti è cosí. Ma è anche la prova che le vocali mute e quelle emozionali della poesia coincidono con quelle del canto, che poesia e canto sono due forme di un identico *pathos*.

[R. V.]

Arrivammo alla Scighera a piedi costeggiando il Naviglio Grande.

I ragazzi non vennero tutti; d'altronde le «giornate» sono un «Presenti, ci siamo, chi vuole sí, chi non vuole no». Sul pulmino stavamo stretti in nove. Bencivieni, che aveva la patente da due settimane, guidava la Giulietta del padre, tintore di sete varie, ma nessuno si azzardò a salirci, preferirono tutti i mezzi tranne la Carriera, per via della colomba che nella folla si stressava.

La Scighera era un *trani* che se la tirava da osteria. Incassata fra la bottega di un ciabattino e un riparatore di bici, la individuavi da una di quelle insegne di latta sventolanti che le vedi solo se sai.

Alla Scighera, quando avevo vent'anni, ci trovavamo col Bruno e Sergio Secondiano Sacchi a cantare roba popolare e a far politica buttando giú vino scarsissimo fino al mattino. Eravamo i «Pan Brumisti», cioè i «Tutti Nebbia», e allora il Naviglio correva dritto verso Pavia tra due file di case di ringhiera, o almeno cosí si supponeva, ché dietro la nebbia dall'altra parte poteva benissimo esserci un allevamento di cavalli o anche un bel niente. Alla diramazione, poi, era caduta da tempi immemori pure la spalletta, e un 12 gennaio ci cascò dentro il Bruno con tutta la chitarra, ubriaco perso, che la inseguí fin quasi a Opera gridandole dietro: «Torna qui bastarda, torna da papà». Per fortuna almeno lui tornò.

La Scighera era un eponimo, un'antonomasia, «nebbia nella nebbia». E la nebbia ha questo, che ferma il tempo, svapora lo spazio. Nessuna distrazione, nessuna interferenza di strade e tram semivaganti: ti si infila dentro e lí è il suo posto, lí deve stare, perché dentro illumina, ti fa chiara la forma dei sogni e manco ci pensi che non ti capiterà piú di avere vent'anni.

All'interno, sotto un soffitto che ci banchettavano i tarli, c'erano tre o quattro tavolacci lunghi e stretti già imbanditi: tovaglia di carta bianchissima, scodelle e forchette, ché tanto non servivano altro che risotto con le rane. Noi ci sistemammo sul retro in una specie di veranda grande abbastanza per sederci quanti eravamo e aspettare le rane.

Cominciò un gran poggia là, poggia qua, dov'è il bagno, io sto qui, tu vicino al prof, la mia sedia balla, dov'è Giulia, chi ha un cerino, cosa si mangia, e non rompere, se lo fai ancora ti ammazzo.

Erano tutti in jeans e maglione a parte la Morisot, come sempre nel suo nero da sera. La Carriera chiese uno sgabello per la colomba.

Quando furono tutti sistemati si presentarono i proprietari. Basso e largo, barba riccia, pantaloni alla zuava lui. Magra come un chiodo, altissima, occhi indipendenti lei.

– Bene, bene, – esordí lui, fregandosi le mani, ché gli osti si fregano sempre le mani, – siamo subito da voi. E da bere? Coca-Cola, immagino.

Gli occhi di tutti mi si puntarono addosso.

– Oggi birra, facciamo un'eccezione che tanto domani è festa, – sentenziai, – ma un solo bicchiere.

Volarono gli zaini.

– Vada per la birra, il resto lo sapete. Qui si mangia solo risotto con le rane.

Buuu prolungato di disapprovazione.

– O quello o nient'altro e vedrete che delizia, parola di Donte!

– Donte? – feci io stupito.

– È il diminutivo di Eurimedonte. Mio padre era ferrarese. Tutti pazzi. E lei, – disse accennando alla pertica che gli stava a fianco, – è l'Adalgisa, ma io la chiamo Ghisa ché ci ha la testa dura come un'incudine.

– Ma piantatela lí!

– Non gliene va mai bene una, – incalzò Donte, – lo sa che mi picchia col mestolo? E che se due o tre gocce mi van fuori dal water mi ci ficca una mano dentro?

– La testa duvaria infilat, che inscí te imparet una bona volta.

Si allontanarono che lei gli stava ancora urlando nelle orecchie.

Il risotto fu un trionfo, Vecellio e Merisi fecero il bis. Da una birra si passò a due, ma questo già lo sapevo, e si levò un parlottare che domande e risposte s'incrociavano l'una con l'altra: «Con chi gioca l'Inter domani?»

«Sí, ma solo nel periodo blu». «E la scena dell'androide che muore?» «No, dei quanti non ci ho capito niente». Al centro del pandemonio si presentò Donte, pulendosi le mani nel grembiule, ché gli osti si puliscono sempre le mani nel grembiule. Mi si avvicinò e si accese una sigaretta. Sembrava un po' titubante. Poi prese coraggio e provò a dirmi:

– Scusi, professore, io… una… sità… da… tempo…

C'era una tal Babele che non riuscii a capire niente. Mi alzai di scatto.

– Basta! Silenzio!

Fu come al gioco di un due tre stella. Di colpo tutti immobili dov'erano e com'erano.

– Donte qui ha una richiesta da fare, – comunicai, – sentiamola.

– No, poca roba. Lei che è professore, io ci ho una curiosità da sempre e non so darmi una risposta. Non so come metterla, lei mi vede cosí, ma io di libri ne leggo e… be', noi, intendo noi uomini, prima eravamo scimmie, cosí dice quel tale inglese, poi ci siamo tirati su, insomma sulle zampe cioè sulle gambe, ma quand'è che abbiamo cominciato a parlare?

Pensai di non avere capito bene.

– Parlare di che? – chiesi.

– Di niente… insomma parlare… chi ha parlato per primo? E come ha fatto se non c'erano 'ste benedette parole?

Avevo capito bene. Potevo chiuderla lí con una risposta secca, ma non lo feci. Forse le birre, forse perché volevo che i ragazzi sapessero.

Il locale si era completamente svuotato. Eravamo rimasti solo noi, Donte e la Ghisa.

Tornai ragazzo. Quando sotto le coperte leggevo

greco e non ci capivo niente. Eh già, come avevano fatto gli uomini? E me li ero immaginati lí a comporre, serrare, incastrare rumore a rumore per dare uno straccio di senso a quel groviglio di male e di bene che gli stava imprigionato dentro come in una bottiglia, e il collo della bottiglia era troppo stretto e sottile, provavano e provavano ma non ne uscivano che soffi e sibili, e loro invece volevano dire «basta» oppure «mi piace», volevano tirare fuori non solo disperazione o gioia, paura o amore, ma anche quale odio, quale paura, quale amore.

– Lei, Donte, vuole sapere come sono nate le parole?

– Sí, ecco, sí.

Lo guardai fisso.

– Non sa in che guaio si sta cacciando –. Fuori un uccello sbatté contro le vetrate della veranda. Ci fu un attimo generale di fiato sospeso. Tirò su un'ala, poi un'altra. Saltellò. Provò il volo una, due volte. E infine si alzò e fu su, in alto.

– Se gliela racconto, gliela racconto tutta. Ne ha di tempo?

– Quanto ne vuole fino a stasera.

– Stasira un corno, – gridò la Ghisa dalla cucina. – I piatt chi li fa? La bonanima de tua mader?

– Fa' la brava, Ghisa!

Silenzio dalla cucina.

– È sicuro, Donte? – ripresi. – Guardi che è lunga e piuttosto ingarbugliata...

– Tant lü el capiss mai nagott, – Ghisa dalla cucina.

Poi ce la trovammo davanti.

– Tornatene di là tu, chi ti ha chiamato? – Donte.

– Eh no, mi resti chi, vöri savell anca mi. E alura, 'sti parol, chi se l'è inventà?

– Grande Ghisa. Avrei bisogno di un pennarello, se ce l'ha. E via scodelle, forchette e bicchieri, lasciate solo la tovaglia.

Quando la tavola fu libera, fra schizzi vari di sugo e pezzi sparsi di rane tracciai:

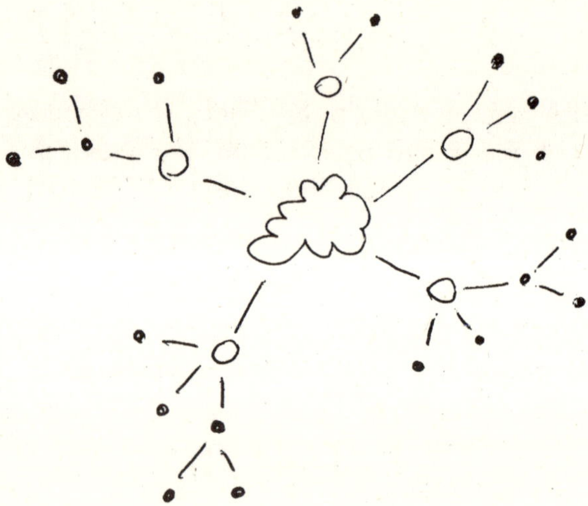

– Se l'è chel rob chi, – sbottò la Ghisa, – un marsian?

– Già, prof, che diavolo è? – domandò Vecellio.

– Sembra un disegno della Kahlo, – se ne uscí Bencivieni.

– Provate, provate, su, – li incalzai.

– La formula chimica dello stronzio?

– Una frittata rivoltata male?

– Ghe sun, – riprovò la Ghisa, – l'è 'na culana.

– Guardate bene. È un'espansione. Cosa nasce da cosa?

– Ma è il sole coi pianeti! – esclamò la Carriera con la colomba sulla spalla.

– Quasi, è l'universo, – disse Merisi. – La patacca là in mezzo è il Big Bang. I cerchi bianchi sono le stelle che schizzano da tutte le parti e i punti neri sono pianeti.

– E i puntini?

– Satelliti, sí, – continuò, – è uno schema dell'universo, ma cos'altro può voler dire?

Ci provò la De Lempicka: – Forse, forse è Darwin, l'evoluzione.

Merisi, che era una pecora nera, nato pecora nera e che sarebbe morto pecora nera, ma aveva una gran testa, s'intromise: – Che puttanata, De Lempicka: mi passi il pennarello, prof. Ecco cosa vuole dire, – e tracciò sulla tovaglia:

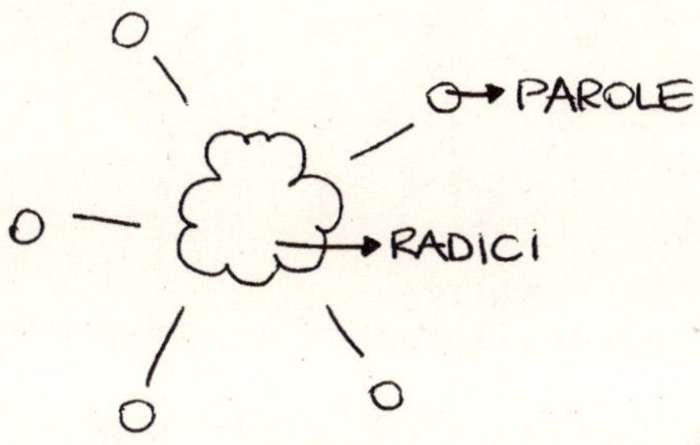

Poi gettò il pennarello sul tavolo.

– Ti piacerebbe che fosse cosí semplice! No, no, si parte da prima e si va piú avanti –. E segnai:

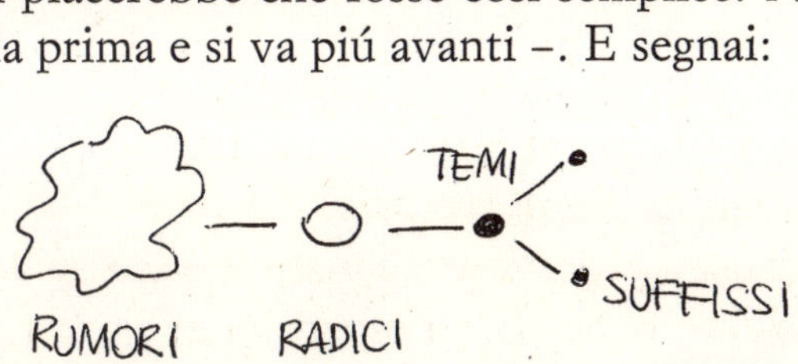

– Dio ci liberi dalla grammatica! – gridò terrorizzata la Gentileschi.

– Tranquilla. Ti pare che mi metta a far grammatica con le rane che vanno su e giú? – la rassicurai.

– E allora?

– E allora vi spiego, perché siete dei testoni.

Pausa.

– Miliardi d'anni di silenzio. Poi ecco i rumori: animali, piante, vento, onde, lampi, tuoni. Gli uomini ascoltano, captano, altro non riescono ad articolare. Cade un albero? «Aah!» Parte un tuono? «Ooh!» Hanno fame? «Ghghgh».

– Ma come facevano a capirsi?

– Dall'altezza e dall'estensione del grugnito. Se era breve o lungo, acuto o grave, a salire o a scendere.

– Ci faccia un esempio.

– Tutto parte dalla M; MMM forte, ripetuto, era rabbia, dolore, tristezza, malattia; M^{MM} a salir di tono soddisfazione; $^{\mathrm{M}}\mathrm{MM}$ a scendere delusione; M...M...M paura, terrore; e infine M cantilenante era attrazione, voglia di sesso.

– Sorbole, – fece Donte. Si girò verso la Ghisa e tirò fuori un M piuttosto cantilenante.

– Ne è sicuro, prof? E perché proprio la M? – chiese la Kahlo.

– Si va a tentoni. La M è il suono piú istintivo, il primo. È quello che i bambini usano per dire «mamma», «pappa», «ho fatto la cacca».

– Io me la facevo addosso e non dicevo niente, – puntualizzò Vecellio.

– Sí, ma a dieci anni, – gli rise in faccia la Fontana. – E per quanto andò avanti cosí?

– Millenni. Imitavano il vento, il tuono, la pioggia, gli scrosci, il rotolar di pietre; imitavano gli animali: orsi, daini, renne, lupi. Ma gli animali non avevano il fuoco, non tagliavano pelli, non camminavano su due zampe. A loro sí potevano bastare quei pochi grugniti come segnali. Ed ecco che finalmente, dagli e ridagli, a furia di spezzar punte, buttar giú bacche, prender pesci con le mani, il tempo passa e salta fuori un altro tipo di vivente, del genere Bill Gates, per intenderci.

– Ma Dio c'entra qualcosa? – saltò fuori Sanzio che aveva visitato la Sistina e s'era redento.

– Lo teniamo fuori per rispetto, – risposi, – forse 'sto paleo-Bill Gates è roba sua. Dunque, arriva 'sto tizio e dice: «Qui non succede tutto a casaccio. Ogni cosa è legata a un'altra». Ed eccoti la causa-effetto. «Posso provarci anch'io». E ti disegna gli animali nelle caverne, sicuro cosí di catturarli.

– I u vist, i u vist in un documentari, – si entusiasmò la Ghisa, – se ciamava *I primi artisti*.

– Ma l'arte era secondaria. Incidevano graffiti per incantare gli animali, – risposi.

– Ah, l'era magia, – replicò la Ghisa.

– Magia simpatetica. Cioè se lo disegno oggi, domani me lo mangio. Ma qui sta la svolta, e che svolta. Il nostro, chiamiamolo Mimuk, sbagliava. Aveva intuito bene il nesso causa-effetto. Dopo millenni è stato il primo a non copiare ma a inventare: a scoprire l'astrazione. Attenti perché questo è il momento clou. L'uomo è veramente, totalmente uomo quando scopre i simboli, quando capisce cioè che una cosa può sottintenderne un'altra, significare un'altra. Mimuk, che vive approssimativamente tra il mar Nero e il mar Caspio, prova a distinguere e nominare ciò che vede e ascolta o tocca, e persino quel che sente dentro di sé. Se non conosce il mare non saprà che suono affibbiargli. Se non ha mai visto un abete, un leone o che so io, idem. Mimuk concepirà astrazioni vocali solo per ciò che gli è familiare.

– Sí, prof, ma in che modo? Dal nulla? Per associazioni?

– Ci arrivo. L'una e l'altra. Userà decisamente suoni molto forti (T-P-TH-K-GH) per ciò che gli è ostile e dolci (D-B-F-GI) per ciò che gli dà soddisfazione e lo fa star bene. Ma molte molte altre possono essere le scelte che ci sfuggono. Fatto sta che Mimuk si trova ora in possesso di un bel pacchetto di suoni brevissimi, una sola sillaba, che contengono l'impressione, l'idea di quel che c'è fuori e dentro di lui. E questo genere di significante noi lo chiamiamo «radice» (o piú precisamente radice indoeuropea). Dei tanti soli nati dal Big Bang il nostro si chiama indoeuropeo. E ha diffuso i suoi raggi come qui vedete:

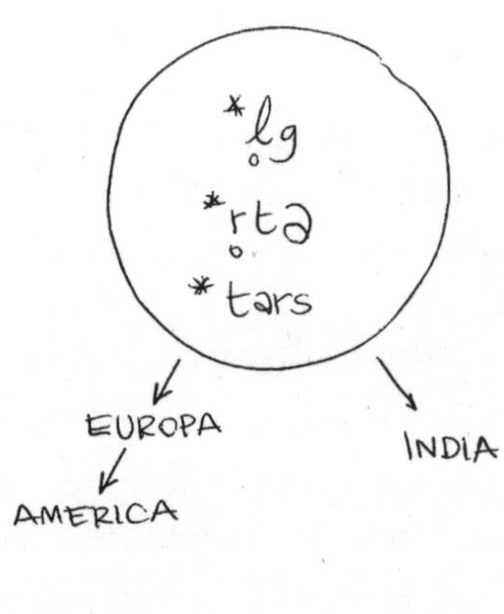

– Piano, piano, professore, – intervenne Donte, – cosa sono gli asterischi e i cerchietti?

– Ah sí, scusami. Semplifico, perché sarebbe lunghissima: l'asterisco vuol dire che quella è una presunta radice indoeuropea. Il cerchietto sotto la L ci dice che la L richiede prima o dopo una vocale; al - la.

– E quel segno che sembra una grossa A? – incalzò Donte.

Guardai Merisi:

– Rispondigli tu.

Merisi sbuffò. Stava accarezzando i capelli della Kahlo, gli interrompevo un'avance.

– Quella specie di sgorbio si chiama *schwa*, è una vocale indoeuropea indefinita…

– Indefinita? – Donte non capiva.

– Indefinita perché ogni popolo la pronuncia come gli sconfinfera.

– Sconfinfera? – Donte era sempre piú stranito.

– Quella grossa A è sí una vocale, – intervenni, – ma può suonare *e* oppure *i* o *a* a seconda di chi la usa. Ad esempio _*pAdre_ in latino è *pAter* e in sanscrito *pItar*. A volte scompare pure: i napoletani dicono *Napul'*. Capito?

– Sí, dipende dalla lingua, dal palato di questi o quelli.

– Ora, – ripresi, – ipotizziamo che *L̥G contenga l'idea di legare, raccogliere e pure di parlare, cioè raccogliere parole. Questa radice passerà al sanscrito, al greco e al latino e subirà delle trasformazioni, ma il senso resterà lo stesso. Da queste lingue il nostro piccolo piccolo *L̥G arriverà anche a noi:

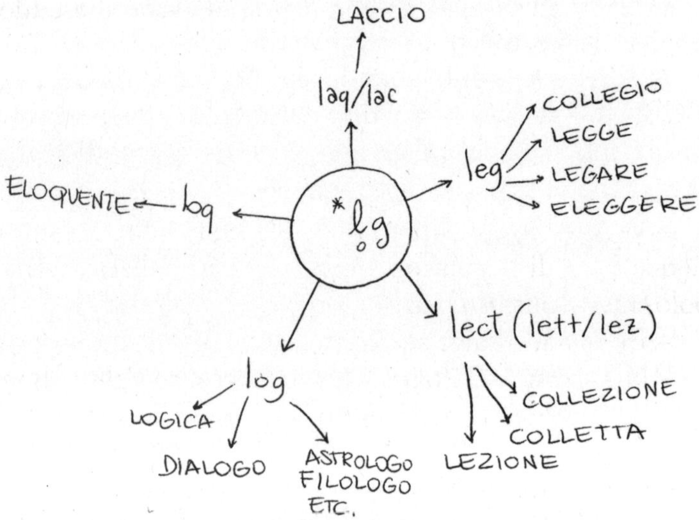

È una specie di fuoco d'artificio. Ma è solo uno dei mille esempi. La seconda, *R̥Tə, guardate cosa combina:

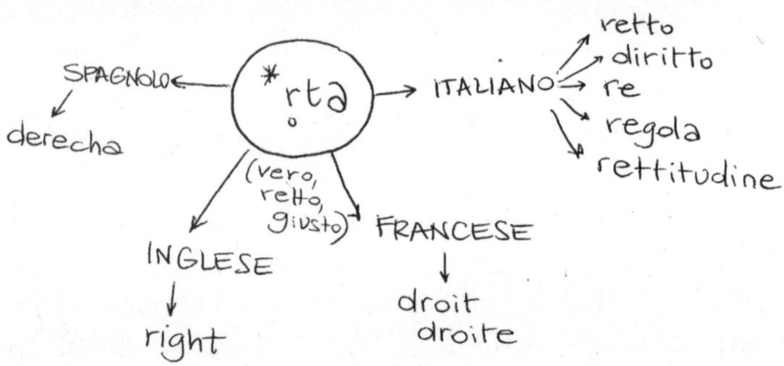

Pensate un po' cosa viene fuori da una radice come *ANK/*ALG che contiene l'idea di ciò che è stretto, acuto, freddo e comprime in modo doloroso: angolo/algido/àncora/angina/analgesico/Ancona: se ci pensiamo sembra che non abbiano niente a che fare l'una con l'altra. Angolo con algido? Perché il freddo stringe. E Ancona?

– Ancona è una città ad angolo dietro il Conero, – fu pronto Bencivieni.

– E l'àncora è a forma acuta, – fece eco la De Lempicka.

– Vi propongo, – ripresi, – *BAL / *BEL / *BOL che contiene l'idea di scagliare, colpire, da cui: balistica / simbolo / metabolismo / balzo / iperbole.

– Bologna, – saltò su Donte.

– No, – risi, – Bologna no. Non è cosí semplice: non tutte le parole che iniziano per BOL sono parenti. Alcune vengono da altre sponde.

– Io proporrei *PATH / *PENTH / *PONTH, – sussurrò la Carriera. La colomba girava sotto il tavolo in cerca di briciole.

– Bene, vai.

– Intanto il significato originario che è subire, sofferenza: e quindi pazienza, passione, pazzo, antipatico...

– Ponza e riponza? – s'intromise Donte. Risata generale.

– Cosa ridete? – dissi. – Ponza e riponza è «pensa e ripensa» e il pensiero è una fatica della mente, ha ragione Donte. Per tacere poi di passaggi mentali cosí contorti che l'origine va cercata a tentoni. Il cielo si chiama cosí perché gli antichi lo vedevano concavo. In greco *kóilos*, in latino *coelum*, dalla radice *KU-COI che vuol dire appunto «cavo», «vuoto».

– Ma non è *ouranós*, in greco? – chiese Zorzi.

– È un traslato, *ouréo* vuol dire pisciare. La pioggia è l'urina del cielo. Anche il mare nasce con un altro significato. In sanscrito *mari* è una pianura senza vegetazione. Non sapendo che fare, visto che sopra quell'acqua non ci cresceva niente, la chiamarono «mare», e cosí ci è arrivato.

– Ma non è *thálatta* il mare? – si stupí Bencivieni.

– Viene da un termine accadico, *talakta*, che significa «percorso». Il mare è definito per la funzione e non per l'apparenza. Le parole nascono e si trasformano, passano per analogie da un significato all'altro, per alcuni esistono, per altri no. Invertono o mutano consonanti secondo leggi già a lungo definite. Le radici, quelle nel sole, quelle indoeuropee, si sono diramate e storicizzate in piú lingue. E si sono diversificate poco o tanto per ragioni di pronuncia, di comodità, di anomalie o analogie. Tutto ciò sarà ancor piú evidente nelle parole intere per scambi, perdite, innovazioni, dominazioni e una valanga di altre cose che corrono insieme alla storia, senza dimenticare l'arte di arrangiarsi. Ma adesso mi pare il caso di fare una lunga pausa. E spero che Donte e Ghisa siano cosí gentili da fare un tè per tutti.

Invece del tè qualcuno, e so chi, colse l'occasione per chiedere un'altra birra. Allora ero un professionista nel genere, riconoscevo subito in me e negli altri il livello di *post quem*. Il *post quem* è quando non sai piú cosa dici o cosa fai. O meglio, tu lo sai, sono gli altri a non capire in che pagina sei finito, mentre tu arrivi all'indice.

Nessuno di loro aveva superato il *post quem*, occhi a palla, gesti sconnessi, discorsi che partono e non arrivano da nessuna parte. Però pensai bene di chiudere il bar e tornare al tavolo. Sarei stato breve. In fondo, alla domanda di Donte avevo già piú che risposto. Lui aveva chiesto come nascono le parole, non come le parole diventano parole: c'era da chiarire anche questo. Riprendemmo posto.

– Bene. Buono il tè? Strano colore, però. Ora immaginatevi: ai greci e ad altri arriva 'sto bel papiello di sillabe che sí significano qualcosa, ma sono inservibili per metter su una conversazione. Vabbe', *LEG significa «mettere insieme», ma mettere insieme cosa? Chi lo fa? Io? Gli amici? Degli sconosciuti? E poi in che modo? Chi lo usa 'sto *LEG? È una persona? È una cosa? Un pensiero? Una categoria? Con questo *LEG e basta non ci facciamo proprio niente. Bisogna aggiungere. E aggiungono. Tutta quella roba che viene dopo la radice si chiama «suffisso». Guardate come i suffissi ordinano e chiariscono i significati:

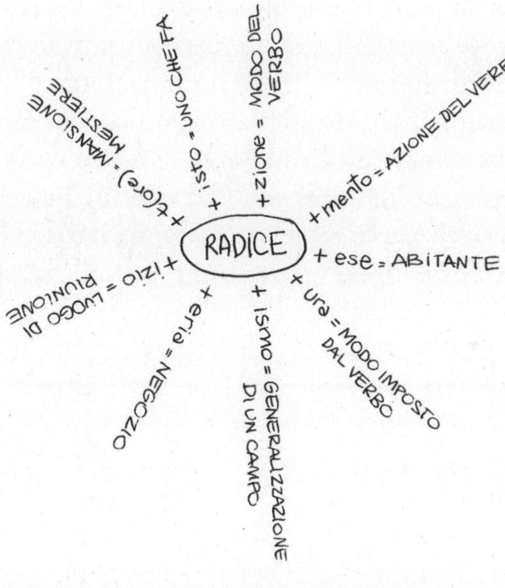

Ce ne sono a iosa, ve ne ho messi solo alcuni, tra quelli che formano un nome. Ce ne sono altri per i verbi e altri ancora per gli aggettivi. Per esempio tutti i suffissi -ABILE e -IBILE indicano che la cosa si può fare. Tutti gli -OSO mostrano quantità. Altri vengono dal greco: DERMA - IATRO - MACHIA - FILIA - MANIA - SCOPIA, eccetera.

Inutile dirvi che la vocale finale non è propriamente del tema. Sta lí a dirci se la parola è maschile o femminile, se è singola o plurima.

Non avevo cuore di parlargli pure dei prefissi come IN - A - DIS - PRO - PER - DIE - EN. I prefissi sono traditori, sono camaleonti, puoi anche non vederli. E sei fottuto, perché cambiano di tanto il significato.

Non ne avevo voglia ma non avrei neanche potuto, perché la smobilitazione ormai era generale. Dissi loro che potevano anche tornare a casa, io sarei rimasto per un po'.

In nove salirono sul pulmino, gli altri se ne tornarono con i mezzi. Donte e la Ghisa non si muovevano di lí. Li guardai:

– Intendiamoci, ragazzi, abbiamo un po' giocato. Il corso della parola non è quello di un fiume che si divide in rivoli. Anche ma non solo. Questa visione i linguisti, quelli veri, la chiamano «diacronica», perché tiene conto dell'evoluzione attraverso il tempo, e ha un andamento verticale, cosí:

Ma dal Novecento in poi, accanto a questa visione diacronica se n'è imposta un'altra, molto piú importante, e dobbiamo dir grazie a un genio svizzero, Ferdinand de Saussure.

– E cioè? – fece Donte incuriosito.

– E cioè non occuparsi tanto delle trasformazioni di un termine nel tempo, ma studiarlo nello spazio. Come una stessa parola è pronunciata, scritta, usata in luoghi diversi in un preciso periodo. Questa visione si chiama appunto «sincronica». Cosí:

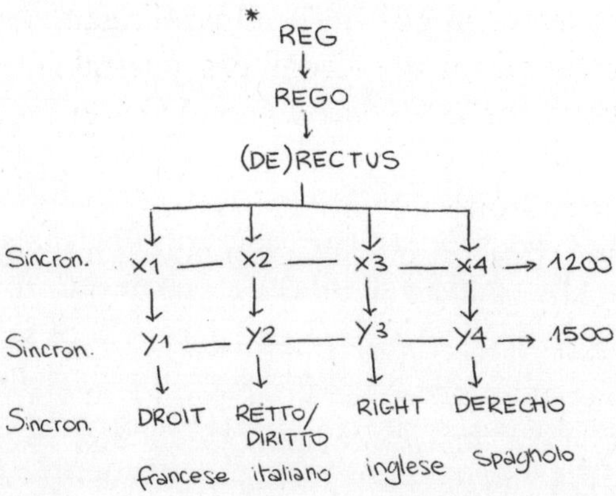

– E perché è cosí importante? Che cavolo me ne frega di sapere come parlano gli altri? – replicò Donte.

– Proprio qui sta il bello, Donte. Ascoltami, la linguistica non è solo un passatempo chimico intorno a come si sciolgono o uniscono i suoni, non è una masturbazione di quattro matti, non è una fantasia arida, chiusa in se stessa. Qui non si tratta solo delle parole in sé. Le parole e il loro intrecciarsi sono la spia del pensiero, del modo di pensare, e quindi di vivere, qui o laggiú. Ti faccio un esempio terra-terra. In un film, non ricordo piú quale, un industriale milanese vuol fare il simpaticone con dei compratori inglesi e tira fuori un detto appunto milanese che significa «State allegri, ogni cosa è al suo posto»: «Alegher, alegher, che el büs l'è semper negher» (il buco del culo nero è). Ma rendendosi conto che in dialetto non lo capiranno lo traduce letteralmente con «Happies, happies, the blossom always is black». E ovviamente gli inglesi non capiscono un cazzo. Perché? Perché dalla storia, dalla vita vissuta, dagli incroci sociali, dalle superstizioni, dai feticci, dai miti locali, da tutta una serie di divergenze culturali ogni Paese trae le sue formule, i suoi tabú, gli inscrutabili motivi per ridere o piangere ed esprimerne le priorità: voi credete che una semplice frase come «Io oggi vado a scuola con una mela» la dicano tutti allo stesso modo? No, assolutamente. C'è chi dice «A scuola oggi vado con una mela», e chi «Con una mela vado a scuola oggi»: è in questo diverso ordine che la parola rivela il pensiero, i suoi schemi, le radici dell'«altro». L'immensa scommessa della linguistica è questa, altro che giochetti da piccolo chimico: stendere una mappa mondiale dei sentimenti e delle ragioni, per andarci dentro, capirli, assimilarli, paragonarli ai nostri e finalmente intendersi e accettarsi e, seppure con una probabilità su un miliardo, amarsi, che cavolo.

– Ma 'l capitarà? – scosse la testa la Ghisa.

La tovaglia era piena dei miei geroglifici. Mi resi improvvisamente conto di non aver detto niente.

Avevo parlato d'indoeuropeo a vanvera quasi fosse un luogo - non luogo, come non ci si fossero rotti la testa dietro gente tipo Schmidt, Bopp, Schlegel, Grimm, de Saussure e soprattutto la Gimbutas, la mia matriarcale Gimbutas. Quei ragazzi intorno al tavolo avevano orecchiato suoni, confuso tempi, senza una minima idea degli spazi, dei deserti, dei mari, di dove gli uomini si fossero fermati o per dove si fossero messi in cammino, di che facce, quali visioni del cielo, dell'ultracielo, e quali, se c'erano, sogni.

Mi presi la testa fra le mani. Avevo sbagliato? Avevo dato le parole senza l'uomo. Perché per Mimuk l'universo era stato un mostro insondabile e grandioso, per Mimuk tutto era stato, ma non come per noi, sacro. Del sacro aveva bisogno e paura. La parola era stata uno sforzo immane per capire insieme agli altri come non avercela quella paura, perché quando nomini le cose le possiedi. La parola fu il primo mito, come dice Cassirer, la domanda agli dei, la risposta degli dei.

E io non di questo gli avevo parlato. Era stata luce vivissima dell'*intelligere*, leggersi dentro, e dell'«interlegare», unire una causa a un effetto: una creazione. Senza non avremmo mai avuto il teatro e quell'altra seconda verità che è la poesia.

Mi ricordai allora che da bambino ad ogni nuova parola ascoltata rimanevo a bocca aperta e sentivo come una fitta dolcissima salirmi su su dalla pancia fino al cuore. E me la ripetevo, non mi stancavo di ripeterla, quella parola, e la accoppiavo ad altre e poi le univo in frasi, lunghe frasi che mi percorrevano come melodie, un battere un levare, un battere un levare, l'onda piccola, l'onda grande, la riva e lo scoglio, viso di madre, voci lontane, il gelato che cade di mano, l'Inter che vince, che perde, la ragazza che appena ho sorriso è già dietro l'angolo. E stavo sere intere prima di addormentarmi a farle diventare storie, quelle parole, e dialoghi, monologhi, ché nel silenzio le pronunciavo quasi che nel dirle vivessero e a pensarle soltanto scomparissero. E quando proprio non ce la facevo piú a tenere gli occhi aperti, entravo nell'ombra mormorando «Non lasciatemi qui, parole, non lasciatemi solo».

Ai miei ragazzi non avevo dato altro che apofonie, rotacismi, labiovelari, fricative, elisioni, spiriti, crasi, sonanti. No, no, questi sono solo rami, rami, rami secchi: giú, piú in fondo sono le radici: Leopardi e quel carro che diventa disperazione, piccolo, sempre piú piccolo nella notte. Alda, la mia Alda che si strappa l'amore dalle carni e lo vive brano a brano, la Woolf che, sconosciuto e desiderato alla follia, l'amore lo annega in una pozza d'acqua, Catullo che non può provarlo senza odiarlo, Pessoa che ogni parola è un rimando a un'eco che non torna. Inondarli i ragazzi, in questa seconda verità che strozza e libera, ché non c'è libertà senza dolore, non si è uomini se non si soffre, se non si tiene salda questa infinita glottologia del mistero senza la quale non si può affrontare nemmeno la pedante grammatica del quotidiano.

Fu solo allora che mi accorsi di Donte e della Ghisa. Non si erano mossi da lí. Sembravano stralunati. Probabilmente non ne potevano piú, pensai. E invece non era cosí.

– Sa che mentre parlava, professore, – se ne uscí Donte, – noi era come se le vedessimo quelle cose?

– Quali cose?

– Le parole. Noi le credevamo, come dire, nate bell'e pronte all'uso. Mamma mia, quelle ci hanno una storia dentro come noi, come noi persone.

– Sí, nascono, si riproducono, muoiono.

– Non tutte si spera.

– Quelle che amo io sí, ma non m'importa piú di tanto, ce le ho sempre dentro. Gli altri si tengano le loro.

– Chi non mi ama non mi merita, – buttò lí Donte che pareva Solone, – i suoi studenti l'avran sentita dire 'ste cose cento volte, ma per noi è stato un gran regalo. Le ripeto, ce le ha fatte toccare... ma la vedo un po' giú... è stanco? Ghisa, porta un whisky al professore.

– No, grazie, ho già bevuto abbastanza. Non sono triste, Donte, è che a raccontarle cosí fuori dal contesto umano le parole sono come foglie morte, farfalle senza ali. Loro corrono con noi. Da sole, in una grammatica o in un vocabolario, si spengono. È sulla nostra bocca che diventano aria, emozione, magia. Io ve le ho date come un vestito steso su un tavolo di sartoria. E invece dovevo mostrarvele indossate.

– Oh be', professore, a noi non è parso cosí. Sarà per la prossima volta, mica non verrà piú. Ecco, ci prometta che ritornerà e ce la racconterà, questa storia delle parole con gli uomini.

– Ve lo prometto, – e stavo sorridendo.

Era un bel po' tardi, salutai e uscii nella nebbia. Nella nebbia c'era Bruno con la sua chitarra che era tornata da Pavia.

Molti anni dopo mantenni la promessa, tornai alla Scighera. Quasi non la trovavo, era cambiata parecchio, facciata nuova, tetto nuovo. Anche dentro niente piú tavolacci, un bell'ordine ovunque, soffitti riparati, pareti ridipinte.

Donte e Ghisa mi vennero incontro raggianti e mi riconobbero subito. Ormai ero diventato una celebrità.

– Prufesur! Ghe n'ha mess del temp. L'è una vida che 'l speciavum, oh che bela surpresa –. Alla Ghisa luccicavano gli occhi. – Ma si sieda, si sieda, le mettiamo su il riso.

Erano invecchiati tanto, ma ancora vivi, luminosi. Mentre ricordavamo quel giorno di tanti anni prima mi cadde l'occhio sulle pareti di fondo. Ci avevano appeso le tovaglie bianche con i miei schemini.

– Li avete tenuti! – esclamai ridendo.

Si guardavano a vicenda.

– Oh no, prufesur, – rispose Ghisa, – i èm vendü a un mat che 'l ha daa trentamila euro.

– Quelle sono copie, – aggiunse Donte.

E cosí finalmente gli raccontai degli uomini e delle *loro* parole.

Quando risalii in macchina per andarmene, e di nebbia manco a parlarne, mi guardai nello specchietto.

«Trentamila euro, – mi dissi. – Quasi quasi ne faccio degli altri e poi si divide».

Come un gatto con un topo in bocca

Una delle cose che mandano in bestia gli insegnanti di tutto il mondo sono le ore buche.

Le ore buche si trascorrono nella «sala degli dei», come la chiamavano i miei studenti, ma solo se è vuota o occupata da un unico insegnante che legge, anzi probabilmente studia quello che deve dire l'ora dopo. In caso d'ingorgo, per carità di Dio scappare, scappare subito. Altrimenti caffè e dialoghi incrociati del tipo:

– Sai cos'ha fatto la Bianchi oggi?

– Io a quello lo appendo al muro.

– Mio marito non sa cosa sia il water.

– Giovedí mi tocca traslocare.

L'ora buca è un delirio. Vige poi la legge della capra, del lupo e il cavolo, perché quando c'è la De Marchi non c'è Esposito, quando c'è Esposito latita Laterza e se c'è Laterza non si vede la De Marchi.

La tristezza globalizzata della merendina col thermos di caffè.

Io quando avevo tempo, e avevo sempre tempo, prendevo e mi fiondavo al bar Kunin, che in realtà non era nemmeno un bar, ma un ritrovo di vecchi anarchici fluttuanti nei ricordi. Al bar Kunin era rossa perfino la macchina del caffè. Aveva di certo visto momenti migliori e perfino gloriose perquisizioni, ma ormai si giocava tutto sul folclore. Quando io ero ancora ragazzo ci aveva cantato perfino la Caterina Bueno e dal grammofono (altro che juke-box) uscivano le parole del Raffaelli e di Del Freo.

Il Raffaelli ne aveva viste di ogni, dalla guerra in Spagna al carcere di Ferrara e al confino a Ventotene. Se la ricordavano tutti là dentro la sua *Figli dell'officina*, plagiata di sana pianta, bel contrappasso, da un inno dell'artiglieria. Come si ricordavano il Batacchi, arrestato ad ogni attentato di cui diceva di non sapere niente. Agli anarchici in realtà non piaceva riscrivere testi su canzoni già esistenti come l'ineffabile *Il mio ben amato papà*, reinventata da Sante Ferrini. Erano i socialisti ad avere quel vezzo. E coi socialisti loro non volevano averci niente a che fare.

Quando si pensa agli anarchici vengono subito in mente le bombe, ma non furono poi cosí tanti gli attentati anarchici, anche se spettacolari. I «gradualisti» erano molti di piú dei «rivoluzionari». La non-violenza era già nel pensiero di Errico Malatesta centocinquanta anni fa. I miei studenti degli anni Ottanta ne sapevano poco: loro guardavano all'anarchia come a un gioco intellettuale fondato sulla non obbedienza e sullo sfascio dell'autorità, un οὐ τόπος insomma della loro ingenuità sognante. E anch'io ne sapevo poco, ma ad ascoltare *Addio a Lugano* era come se avessi davanti Pietro Gori, bello, alto, vero cantore con la malinconia dei naviganti.

Fu al bar Kunin che incontrai per la prima volta Léonard Bataille. Era stato professore di francese anni addietro nel mio liceo. Da un bel po' in pensione continuava imperterrito a venir lí nonostante abitasse a casa di Dio. Ricordo perfettamente quel giorno, perché ero tornato da un concerto a Forlí all'alba e quell'ora buca la aspettavo come un dono del cielo.

Bataille era un uomo magro e secco che non faceva ombra al sole, doveva essere stato alto e vigoroso a giudicare dal volto, un intreccio di muscoli. Allora però, cosí ingobbito, cosí ripiegato su di sé, era solo un vecchio, un piccolo forte ricordo di un uomo.

Stavo girandomi la «mosca» nella grappa, ché ai tempi ci davo, quando notai per caso che lui stava facendo lo stesso con la sua oliva nel Martini. Sorrise, ma fu piú uno slittare degli angoli delle labbra, poi oscuramente disse:

– Tutti dobbiamo girare qualcosa.

– Prego? – domandai sorpreso.

– Giriamo per smuovere quello che vuole stare fermo.

– Probabile, – replicai, – ma io voglio insaporire la grappa. Permette? Vecchioni. Insegno al suo ex liceo.

– Lo so, la conosco. Conosco anche le sue canzoni, ma se mi consente le trovo troppo cervellotiche e qua e là liquorose. Però s'intende bene all'ascolto una notevole cultura alle spalle e un bel senso della melodia.

– Lei ama la canzone, in generale intendo?

– Permette? – Si alzò col bicchiere in mano e venne a sedersi al mio tavolino. Soffriva. Faticò persino ad accomodarsi. – La storia della canzone francese – esordí – è la storia stessa della Francia. Non so quanto ne sia edotto.

– Non molto. Piú dal dopoguerra in poi: la Piaf, l'esistenzialismo, la Gréco, Montand e poi Brel, Brassens…

– No, no, mi scusi, non intendevo offenderla. Siamo in due campi opposti. L'Italia, come dice De Mauro, ha una tradizione d'uso, la Francia di scambio. Cioè in Italia, se si eccettua Napoli, tutto resta dove è nato, da noi no. E non intendo solo i motivi, quali che siano. Intendo lo scambio fra gli intellettuali. Idee che rimbalzano fra pittori, poeti, filosofi, musicisti, attori, guitti, diciamo «alla pari». Non è mai esistito da noi quel baratro che c'è qui fra colto e popolare. La canzone non ha mai fatto distinzione fra alto e basso, su chi raggiungere o chi non raggiungere. Oh, be', c'è l'eccezione delle origini. I trovatori erano dei grandi snob.

Capivo perfettamente. E sapevo da dove era partita quella divaricazione: dalla storia, dal nostro essere divisi, frammentati. Dal melodramma forse, dalla romanza, dal classicismo congenito. Di qua la lievità realistica dei dialetti, di là le imitazioni petrarchesche, leopardiane, e Carducci a completare la confusione. Senza unità di patria non c'è unità di canto.

– Vede, – continuò, – un chanteur come Pierre-Jean de Béranger non nasce dal nulla, la sua apparizione si connette alla ventata rivoluzionaria che lo sfiorò da ragazzo e fallí nella Restaurazione. Mi segue? Lui che vive questa nuova passione repubblicana è come si caricasse sulle spalle un popolo sconcertato, privo di diritti politici e purtroppo distante dalla grande letteratura, e gli desse in cambio il canto: s'inventa un genere che trascini il pubblico restando se stesso, restando poeta. Lamartine dice di lui...

– So qualcosa. Che bastava una parola per farlo ridere o piangere...

– Bastava un gesto. Lei non immagina nemmeno quanta passione sapeva trasmettere con un semplice canto. Goethe, che 'sto gran liberale non era, intuí che un intero trattato non poteva competere con la sua ironia. Ecco, Béranger è l'albero. Dopo sarebbero venuti rami e foglie, non la prenda per retorica. La sua satira militante, gli sberleffi al clero, i versi di disubbidienza militare. Scendeva in strada e la gente lo additava subito, «C'è Béranger, guardate là, è lui...» Amico di Hugo, di Flaubert, persino di Marx. Prese le grandi, pesanti tirate intellettuali e le trasformò in sottile polvere di emozioni, perché, come diceva: «L'art en certaines périodes ne peut pas être un objet de luxe». Questo era l'uomo, ma, non si stupisca, non era affatto un musicista. Prendo la musica che c'è nell'aria, diceva, e non era ovviamente un «canzonettista». Eliminò il vezzo dei ritornelli di moda, i lalala, dododo, dondindondon, e li tramutò in parole vive, ripetute, pressanti, rituali, parole come cose. E vino e donne, e amore. Capisce cosa intendo? Lo chansonnier era nella storia, navigava il fiume, additava il cielo ma segnava la terra, mirava diritto al cuore. E mi dico: chi mai in Italia si sognava allora di coprire un tale ruolo, chi di grazia?

Per tutto il tempo di quel torrenziale scarico di parole aveva continuato a levarsi e rimettersi gli occhiali col risultato, pensai, di non vederci piú né da lontano né da vicino. Non mi guardava, fissava un punto preciso alle mie spalle, forse il ritratto di Babeuf sul muro, o chissà chi altro, ché gli anarchici hanno tutti la barba alla come viene e la faccia triste di Bartali in salita.

Non c'era una gran folla quella mattina, movimenti zero, a parte un gigante dai capelli rossi in perfetta sintonia con il colore dominante del locale.

– Ma Béranger – riprese Bataille sorseggiando un secondo Martini – non era solo a quei tempi. C'era Nadaud, c'era soprattutto Clément, Jean-Baptiste Clément. Ha mai ascoltato *Le temps des cerises*?

> Quand nous chanterons
> le temps des cerises...
> les belles auront la folie en tête
> et les amoureux du soleil au cœur...

– ... mais il est bien court le temps des cerises, – continuai per lui.

– Sí, è breve quel tempo, e si deve afferrare. Ci ha mai pensato che il «carpe diem» oraziano ha dato il nome al carpo della mano? *Le Chat noir* non fu un cabaret, fu un mondo. Tutta la malinconia dei *caveaux* si spaccò come un favo, ne uscí la rabbia e si tramutò in follia, nonsense, gaudio, sberleffo e sarcasmo. Gli «Hydropathes» i «Vils Monseigneurs», i «Lapin Agile»... ma si rende conto che tutt'intorno e per merito di questi scalmanati *musiciens* si liberava l'inconscio, nasceva un nuovo modo d'intendere l'arte, di guardare il mondo? Che dietro Aristide Bruant, Verlaine, Apollinaire, Max Jacob, prese il volo l'espressionismo?

Fu allora, lo ricorderò sempre, proprio in quell'istante, che partí alle nostre spalle quella risata, alta, forte, divertita. Una delle due ragazze dietro il banco si teneva la pancia e non la smetteva piú di andar su e giú con la testa.

– Ancora! Ti è successo di nuovo! Cos'è, la terza volta?

– Stai zitta, stai zitta, – la implorava l'altra tentando di mimetizzarsi dietro il bancone.

– E cosa ti ha mandato stavolta? Un mandarino? – e giú a ridere. – Una piantina grassa? O... O... un preservativo?

– Basta, basta Serena, smettila!

– Eh no, eh no! – saltò su il gigante dai capelli rossi. – Vogliamo sapere anche noi! Cos'è tutto 'sto mistero?

La ragazza derisa ora se ne stava ritta, quasi impietrita, contro il muro. Non l'avevo mai notata. Bruttina, soprattutto sformata. Fianchi larghi su due gambe massicce, culo esagerato. Sopra la vita, stretta in verità, spuntavano due seni piuttosto notevoli. Somigliava nel complesso a certe statuette callipigie della preistoria. Ma sopra quel corpo tozzo, su quel collo largo e taurino s'accendeva un viso di soli occhi. Sparivano le minuscole labbra, spariva il naso o forse manco ce l'aveva: neri, profondi, ridenti e fuggitivi, solo immensi occhi.

– Diglielo tu, Lucy, – fece l'altra, – dài, non fare la ritrosa. No? E allora lo faccio io: Lucy ha uno spasimante segreto, – e giú a ridere ancora.

– Segreto? – domandò il gigante rosso. – Segreto quanto?

– Non si sa chi sia. Ogni tanto le fa trovare un regalino nella posta o sul tetto dell'auto... le ha già mandato un orsetto, un taccuino nuovo e... e... cos'altro, Lucy? Ah sí, un nastro legato a fiocco...

– Si vede che vuole incuriosirla, – buttò lí il gigante, – ma non si è mai fatto vedere? Non si è mai dichiarato?

– Mai, – rispose Serena.

– E da quanto va avanti...?

– Tre o quattro settimane.

– Sarà un principe azzurro timido.

– Macché timido! Coglione. Che modo è di far la corte? E che regali sono? Lettere, fiori, un anello, questo si regala.

– Sarà titubante.

– Sarà un cesso d'uomo che non ha il coraggio di farsi vedere! Deve stare attenta, che magari un giorno o l'altro lo incontra in una strada buia...

– Ma no, ma no, siam qui noi a difenderla!

Durante tutto questo intermezzo fuori scena la ragazza continuava a servire ai tavoli, visibilmente scossa, in silenzio.

Mi voltai per chiedere a Bataille il suo illuminato parere ma non c'era piú, aveva già una mano sulla porta. Fu allora che notai il Rolex. Non ci avevo fatto caso per tutta l'ora. Bataille portava al polso un orologio milionario.

C'incontrammo una settimana dopo, stessa ora stesso tavolino.

– Devo scusarmi con lei, – esordí Bataille, – l'altra volta l'ho trattata proprio male, non volevo, sa.

– Mi ha trattato male? – dissi alzando i sopraccigli.

– Sí, ho detto che conosco le sue canzoni, ma le ho mosso qualche critica di troppo. Vede, io ho una cosí grande considerazione di Fabrizio De André che gli altri mi sembrano sempre mancare di qualcosa. Lei è un bravo cantautore, ma ho come l'impressione che il meglio debba ancora venire. Lei deve diventare uomo e non stare aggrappato al ragazzo. Conosce De André?

– Ha mangiato a casa mia poche sere fa, ma per caso. La Dori, la sua compagna, è amica di mia moglie.

– Glielo dico perché De André ha compiuto un'operazione culturale che vista per intero è meravigliosa. Lei, professore, naturalmente conosce Rimbaud, so della sua canzone. Rimbaud ha composto una lirica che è un capolavoro d'immobilità, pura traduzione del silenzio come in certo cinema dell'«École du regard». In italiano s'intitola *Il dormiente nella valle*, la conosce?

– Certo che sí.

– Bene, allora le sarà piú facile intendermi. Mi permetta di ricordarle i versi:

È una gola verdeggiante ove canta un fiume
aggrappando nelle sue erbe vorticoso

stracci d'argento; ove infierisce al monte il lume
del sole: è un fossato di raggi schiumoso.

Bocca aperta, testa nuda, un giovane soldato,
nel crescione fresco e azzurro la nuca immersa,
dorme; sotto le nubi, è disteso nel prato,
bianco nel verde letto ove la luce versa.

Coi piedi negli iris, dorme. Come un bambino
malato che sorride, schiaccia un sonnellino.
Ha freddo: cullalo, o Natura, caldamente.

Non ai profumi la sua narice è fremente;
la mano sul petto calmo, si è addormentato
nel sole. A destra, ha due buchi rossi a lato.

Ottobre 1870.

È un universo immobile, una pace antica. Pare che il soldato dorma, niente farebbe supporre il contrario, ma il primo segnale arriva nella penultima strofa: il paragone col bimbo malato. Poi all'improvviso la quiete deraglia; il silenzio naturale del cosmo si tramuta in quello innaturale del ragazzo, perché il soldato è giovane e questo conta... Ma solo l'ultimo verso ci svela il perché: «A destra, ha due buchi rossi a lato», nient'altro, non c'è bisogno di dire altro. Già prima Gustave Nadaud, poeta e chansonnier appena piú tardo del Béranger, si era inventato dopo il '61 una storia legata alla spedizione dei Mille in Sicilia, insomma una ballata come tante. E invece no. Rimbaud a quel tempo ha solo sette anni. La canzone in italiano s'intitola *Il soldato di Marsala*: un garibaldino e un soldato borbone s'incontrano nella pianura e spianano i fucili. Uno mira male, l'altro non sbaglia, lo ferisce a morte e non sa darsi pace. Si china sul nemico moribondo, gli chiede perdono, gli versa in bocca l'acqua della sua borraccia, lo appoggia a un albero, gli asciuga la fronte, resta là disperato fino al suo ultimo respiro. C'è in questa canzone un senso di umanità e fratellanza che dà i brividi, non per niente Brassens la farà sua e la ricanterà.

Si fermò per un attimo. Rivolse lo sguardo alle mie spalle come sempre.

– *La guerra di Piero*, – dissi e rimasi in attesa.

– Il genio, – riprese, – il genio chiude gli occhi e misura, ricalca e ridisegna. Lui è là, ora, quella pianura diventa un campo di grano: rivede il soldato di Rimbaud a bocca aperta e a capo nudo con i piedi tra i gladioli e traslittera, tramuta il quadro: dorme il soldato, non c'è morte, solo sonno, e i due buchi rossi diventano papaveri. De André trasforma l'idillio in senso tragico. L'orrore non è lí, deve essere nostro, non si bluffa, non si tergiversa, non basta addolcire la morte coi fiori. Il canto di Nadaud perde quel gesto umanitario. *La guerra di Piero* non è piú una dichiarazione di pietà fraterna, perché la guerra non unisce, separa, scardina il senso dell'umano e non finisce a Marsala o altrove, la guerra è sempre, ovunque, tra sentimento del mondo e possesso del mondo, tra umanesimo e incultura e infine tra bene e male.

Si era avvicinata Lucy con i nostri bicchieri, un po' impacciata.

– Ricevuti altri doni? – mi venne da chiederle.

– Sí, – rispose guardando altrove, – un pacchetto.

– Un pacchetto? E cosa c'era dentro?

– Un topolino, di quelli che si caricano a molla, – si portò una mano alla bocca per ridere e tornò al banco.

– Sa, – mi rivolsi di nuovo a Bataille, che nel frattempo aveva ricominciato a levarsi e rimettersi gli occhiali, – lei che ha tanto bistrattato e anche giustamente i ritardi della canzone italiana, operazioni di recupero ce ne abbiamo anche noi e a bizzeffe. Ha presente la storia della Baronessa di Carini?

– Sí, Laura Lanza, uccisa dal padre perché fedifraga.

– Oh, be', ci sono piú versioni, ma i punti in comune esistono: il marito lontano, la noia, il bel cugino, il frate che scopre la tresca, il barone padre che uccide la figlia disonorata. Pezzo forte da cantastorie. Ma nella versione originale è appunto unicamente una cronaca: dialogo serrato, strilli e preghiere, secca esecuzione di un codice d'onore. Il frate delatore non è citato. È nel passaggio della trama alla cultura napoletana che le cose cambiano e non una, ma due e piú volte. Siamo ai tempi di Masaniello o poco dopo.

– Conosco la storia di Napoli, sono un D'Angiò, discendente in linea diretta.

– Ah, ma allora… – inavvertitamente gli fissai il polso.

– L'orologio? C'è stato un tempo felice che non tornerà.

– Mi scusi, non volevo.

– Niente, continui per favore.

– A Napoli la trama si fa ancora piú confusa, aggrovigliata; viene tagliata, ricucita, cantata come piú fa comodo e in seguito martoriata dai posteggiatori. Ma nella versione piú accreditata, quella della *Tammurriata di Pimonte*, ecco che con la morte appare finalmente l'amore e con l'amore l'immagine che renderà eterna la canzone: la finestra una volta illuminata, la finestra accesa che un tempo faceva da segnale, «Vieni, sono qui che ti aspetto, qui per te», è spenta. Si capovolge il quadro: ora è lui, l'amante, il cugino, la voce narrante, lui con la sua sorpresa, il suo sconforto, la disperazione di sapere dalla sorella che «Nenna» è morta. È l'umanizzazione napoletana del mito siciliano, con un finale grottesco che mischia tragico e comico. «Dicevi che dormivi sempre sola | ora dormi in compagnia dei morti | e io non so come di dolore | di dolore non muoia», naturalmente in dialetto. Finita qui? Nemmeno per sogno. Lei sa che in un diverso periodo storico fu come se Napoli si spezzasse in due...

– La rivoluzione del 1799.

– Esatto. La borghesia illuminata da una parte, il re e il popolo dall'altra. Fu un trauma per la città, mai era accaduta una cosa simile. Rimarginarlo fu arduo. Ci riuscí in gran parte, e non rida, proprio la canzone. Inimmaginabile per chi non conosce Napoli, perché a Napoli la musica è una divinità. Fu la canzone il luogo, la canzone la *liaison*: divenne festa, incanto totale, la napoletanità si chiamò Piedigrotta. È da lí che nascono i grandi motivi che faranno il giro del mondo, *Te voglio bene assaje*, *'O sole mio*. Ricostruzione, restaurazione, rivisitazione. Tammurriate, serenate, barcarole popolari a volte dimenticate furono riportate alla luce, rivestite e riproposte dagli intellettuali borghesi al popolo. *Fenesta ca lucive* diventò storia, si liberò degli inutili frammenti inseriti chissà quando, fu stazione finale, dittico leggibile dell'eterno dialogo tra amore e morte. Non si sa per certo chi compí questa operazione, se Genoino, Cottrau o Longo, ma tale fu l'entusiasmo dei napoletani che attribuirono la musica addirittura a Bellini. Un canto è come un cuore vivente: nasce, cresce, si trasforma.

– Ma non muore.

– Uno cosí mai. È cultura, è voce singola di un modello universale.

Mi ero infervorato a tal punto da perdere la cognizione del tempo. L'ora buca se n'era volata via. Mi alzai per uscire.

– Lei sa certamente qual è l'origine prima di quella luce, di quella finestra...

– Leandro ed Ero, – gli risposi. – Ma fu lui a morirne, non lei. E furono il mare e il vento a spegnere la luce che lo guidava tra le onde, non un padre.

– L'amore è distanza, – disse oscuramente, – distanza incolmabile.

Ci rivedemmo piú e piú volte con Léonard Bataille, sempre al bar Kunin, sempre nell'ora buca. Gli feci pure tenere una lezione ai ragazzi. E continuammo a parlare di cose che fuori di lí nessuno avrebbe mai ascoltato, io con la grappa, lui col Martini.

Sfoggiava completi di un'eleganza vertiginosa e io mi chiedevo perché mai di prima mattina venisse al bar vestito da sera. Somigliava a Max von Sydow nel *Settimo sigillo* di Bergman, il crociato che fa ritorno in un Paese sconvolto dalla peste. Con il fiore in bocca, se preferite. Col tempo scoprii che il fiore in bocca ce l'aveva davvero ed era ormai completamente sbocciato.

Non è che lo ritenessi propriamente un amico: in fin dei conti di lui sapevo pochissimo, né m'interessava piú di tanto. Non era neppure poi cosí simpatico: lo apprezzavo per il dialogo, la fierezza, l'eleganza mentale, ma non mi sarei mai sognato di andare con lui al cinema, a teatro o addirittura a cena. Non sapevo neanche se viveva da solo o fosse sposato, se era piú sugli ottanta o sui novanta, non ci si fa caso. O ci si fa caso tardi. Il crociato che tornava da Gerusalemme aveva gli occhi vitrei come i suoi, assenti e perduti nello spazio alle mie spalle, dove non c'era niente da vedere a parte Lucy, che proprio bella non era.

Negli ultimi incontri mi aveva dato l'impressione di uno che maschera il tempo, gli si sottrae. Saltava da un argomento all'altro, perdeva il filo, raccontava prima il dopo e dopo il prima. E oltre al tempo si sottraeva allo spazio: non afferrava bene le cose, non le teneva in mano che per pochi secondi.

Poi, all'improvviso, non venne piú, non lo vidi piú. E anch'io smisi di andare al bar Kunin nelle ore buche.

Fu una sera che accadde, una sera che passai al bar per comprarmi dei sigari toscani.

Lucy teneva una scatoletta in mano.

– Aprila, vediamo cosa ti ha mandato stavolta, – le dissi ridendo. L'aprí. Dentro c'era un anellino di stagno, poca roba come sempre.

– Me lo fai vedere? – le chiesi. Era proprio un anellino da quattro soldi, ma sulla montatura s'intravedevano tre piccoli segni, cosí piccoli che non si capiva cos'erano. Chiesi al rosso i suoi occhiali da lettura e li avvicinai. Tre invisibili gigli gialli che formavano un triangolo.

E allora capii.

– Perché? – gli chiesi, quando un'anziana donna mi aprí la porta della sua stanza.

C'era voluto un mare di tempo per scoprire dove abitava. Avevo scartabellato in segreteria, ma non erano rimasti molti segni del suo passaggio. Avevo provato col preside precedente, ma neppure lui sapeva, né lo sapeva l'unico collega ancora a scuola. Dopo aver rotto le palle a decine di ex allievi, trovai finalmente l'unico che conoscesse l'indirizzo, perché vent'anni prima aveva preso lezioni private di francese. Alla Barona naturalmente, in un condominio a dir poco fatiscente.

Bataille se ne stava sdraiato su una poltrona sghimbescia con una specie di veste da camera addosso. E che stesse male si vedeva: si vedeva e si sentiva dal fiato che andava su e giú a comando, quando il comando gli riusciva.

– Perché cosa? – mi rispose con voce neppure troppo flebile. – Perché me ne sto qui spaparanzato a contare le piastrelle e a sottrarre le sane da quelle rotte? Perché non riesco ad alzarmi da solo, leggere da solo, andare in bagno da solo? Perché non mi rincoglionisco accendendo il televisore? O perché non l'ho nemmeno salutata?

– Lei sa benissimo di quale perché parlo, – ero entrato e gli stavo diritto davanti. Mi cadde l'occhio sull'armadio aperto. Non c'erano. Gli Armani non c'erano. Altra roba, modesta, vecchia.

Lui capí che non era piú il caso. Si rese conto che era arrivato il momento, perché prima o poi doveva arrivare.

– Come ha fatto? – chiese serio.

– Lo stemma. Lo stemma dei D'Angiò sull'anellino.

– Oh, quello! È stato un piccolo errore, lo ammetto, un tocco di stile, un atto di stupido orgoglio.

Improvvisamente, o ero io a immaginarlo, in quella poltrona era diventato piccolo, minuto, rinsecchito, e per incanto il suo viso, sempre cosí contratto, si era andato sciogliendo e gli occhi ora mi guardavano in forma di implorazione.

– Lei veramente vuole sapere? – la voce era cambiata, si era fatta piú dolce. – Non crederà che io abbia mandato quei piccoli regali pensando a chissà che... magari anche...

– Escluso, – lo interruppi, – non se ne parla nemmeno.

– Non sento piú nessuna attrazione sessuale da anni e c'è stata di mezzo anche della chirurgia. Vedo di sfuggita corpi che passano per la strada: li posso trovare belli per altro, per l'odore, per la grazia…

– E allora? Non mi dica che si tratta di qualcosa di platonico…

– Lei mi delude, professore. Pensa che io sia rimasto all'amor cortese dei Provenzali? Al «tant m'abellis» di Folquet de Marselha o a Bernart de Ventadorn, «se qualcuno muore per amore, anch'io ne morrò»? Mi fa cosí rincoglionito da star dietro a queste stronzate, che poi sospiri qua sospiri là, scopavano come ricci?

– I trovatori si dichiaravano, non se ne restavano nell'ombra.

– Vede, quel che lei chiama «amore», questo che voi chiamate amore, è una meravigliosa consumazione del «reale», un sabotaggio progressivo dei sentimenti o dell'uno o dell'altro. Non mi fraintenda: per esistere esiste, ma che sia fisico o intellettuale scivola nel tempo, e questo sarebbe il meno. La tragedia, la grande tragedia, è che svapora dalla mente, perché è lí che si ama, lei lo sa. Per tenerlo vivo bisogna non averlo, pensarlo. Guardarlo fisso come uno splendido quadro d'autore. Alla mia età e nelle mie condizioni non avrei mai immaginato che mi potesse capitare. Perché «questo» amore, molto piú che amore è immagine viva, vera, non degradabile di un corpo pieno, palpitante giovinezza ferma nel tempo. A ottant'anni incontri quella perfezione che ti eri disegnato nella mente quando ancora la mente vinceva o perdeva, non conosceva la soluzione segreta fra il desiderio e il distacco.

– Ma come fa, mi spieghi come fa a contemplare una

figura, quella figura che noi sappiamo, e tener viva la forza di quel che chiama «amore piú che amore».

Allora si alzò, a fatica ma si alzò. Sparí il piccolo, ossuto Bataille, davanti a me c'era un giovane superbo coi capelli fluenti sulla fronte, gli occhi restituiti alla propria luce.

– No, professore, lei non ci può arrivare. Io non ho sopito il sentimento, non l'ho degradato a buffone, lui è un re. Pensa che io non abbia immaginato in ognuna di quelle ore cosa nascondesse quella t-shirt, quali curve pastose, carnose, celasse quella gonna? Crede forse che quelle labbra non mi attraggano come la luna attrae gli amanti o il seno di una madre il bambino? Io non potrei vivere un solo attimo senza averla davanti. Sono solo ombra il resto del giorno, della notte. Sí, sí, forse tanti anni fa avrei chiesto ben altro che questa contemplazione, avrei consumato l'amore nell'amore: ora la guardo, la aspiro, la accolgo dentro di me e tutta la sensualità perduta del mio corpo la trasporto nell'anima, ed è la mia anima che gode di questo inesauribile orgasmo.

Pensai a Stendhal e a *Dell'amore*: «Prendere le distanze, evitare il coinvolgimento: e il modo per realizzare questo distacco è la contemplazione». Ma non era proprio cosí per Bataille, la sua contemplazione non voleva distanza. Si sarebbe fuso con quel corpo, avrebbe voluto essere tutt'uno con quel corpo. E non potendolo avere con le mani, con la bocca, aveva dato mani e bocca all'anima. Tutto fuorché platonico. Bataille faceva l'amore, il «piú che amore», con l'anima.

– Ma perché quei regali insulsi?

Si rimise a sedere. Gli tornò il viso di sempre, la voce stanca, cosí lontana da Gerusalemme.

– S'immagina che risate si sarebbe fatta se avesse saputo chi glieli mandava? Come cazzo, mi scusi, poteva mai capire? C'era solo la scelta tra vecchio porco e vecchio scemo.

– Sí, e allora perché farglieli?

– Perché ne avevo bisogno. Erano segni di riconoscenza. E non doveva sapere da chi: lei era bella, tanta, immensa. I regali erano sguardi che non potevo posare su di lei, parole che non potevo sussurrarle –. Si fermò un attimo. – Ha presente i gatti? Catturano un topo e lo lasciano cadere ai piedi della padrona, come per dirle che l'hanno fatto per lei, per lei sola.

Fu allora che mi resi conto di tutta la sua desolazione: giorni e notti per me sono ombre, aveva detto. Fuori da quell'istante in cui poteva vederla, il corpo che poteva respirare per riviverlo dentro, Bataille non esisteva, non era nessuno.

E se lei l'avesse scoperto? Se in uno di quegli sguardi furtivi l'avesse capito? Forse sarebbe sparito per sempre, oppure, come Cyrano a Rossana, avrebbe risposto sorridendo: «No, no, mio caro amore, non vi ho amato mai».

La donna mi avvertí che gli mancavano ormai poche ore. Corsi al bar Kunin.

Lucy stava pulendo i bicchieri.

– Devi venire con me, – le dissi, prendendola dolcemente per il braccio, – qualsiasi cosa tu debba fare ora lascia tutto, ti prego, e vieni con me.

– Ma... cosa? – fece lei, nemmeno tanto indignata.

– Il vecchio Bataille sta morendo: ti chiedo solo pochi minuti. Non si muove, non parla, forse non ci vede nemmeno. Voglio che tu venga con me da lui, e gli resti davanti un minuto o due, non di piú.

– Sta davvero morendo? – chiese scura in viso.
– Lo sai che era lui a mandarti...
– Lo so. L'ho capito quasi subito –. E non aveva detto niente. E aveva continuato ad accettarli. Si tolse il grembiule, mi seguí di corsa.

Entrai con lei nella stanza. Bataille non dava segni di vita.
– Qui, ecco, cosí, qui, mettiti qui davanti a lui, – e la spinsi piano. Mi ritirai nell'ombra.

Per un po' non accadde nulla. Poi, lentamente, Bataille aprí gli occhi. Lucy in quegli occhi affondò i suoi. Si scambiarono breve quella luce.

Lucy si sfilò la t-shirt liberando due grandi antichi seni nudi. Scivolai fuori, io di quel mondo non facevo parte. L'ultima cosa che intravidi furono quei due capezzoli bruni che erano terra, passato, infanzia, mare, creazione, che erano tutti i versi detti, scritti, suonati o cantati, aspettati o pianti da tutti gli uomini del mondo.

Due capezzoli puntati verso il cielo.

Tema in classe: «Ulisse e la madre»

EURICLEA

Ragazza mi comprò Laerte
per venti buoi e mi fece
la sua schiava signora,
ma da quel grande re che è
mai volse al mio corpo
sguardo che tradisse desiderio.
Io, fui io, a gettargli
le reti sul cuore troppo
presa d'incanto al suo passo,
alla sua mano ruvida di vanga:
l'equinozio era al culmine,
il sole stordiva la mente ma
strappava da sotto la pelle le vene
il giorno che ai campi gli portai
vino fresco e miele d'Imetto:
era là come un dio nell'azzurro
accecante, braci gli occhi, nudo
il petto e prendemmo il meriggio.
Odisseo, una volta soltanto ma eterno
pensarti nel seno e nasconderti,
reprimere il ventre: nessuno
nemmeno tua madre Anticlea

sapesse mai niente.
Ora vuoi che non sappia da un taglio,
da un antico dolore di carne
che è mia, che sei tu non un altro,
che sei tu che ritorni, mio figlio?

Frida Kahlo, 3ª C

La cosa straordinaria di questo tema della Kahlo, brevissimo e in versi, è che Euriclea non è affatto la madre di Ulisse: è la nutrice. La vera madre è Anticlea e Ulisse la incontra agli Inferi nell'XI canto dell'*Odissea*, in un frammento di grande tensione drammatica. Tutti gli altri ragazzi descrissero lo stupore, l'ansia, le domande serrate – «Come sta Penelope?» «Il regno è ancora mio?» «E Telemaco?» – che Ulisse le rivolse, e le risposte commosse date da Anticlea, fino all'impossibile lacrimevole tentativo di abbraccio, perché l'ombra è illusione, le braccia dell'eroe non riescono a cingerla. Tutti tranne la Kahlo. Lei s'inventa che la vera madre di Ulisse sia Euriclea, la nutrice, e che Ulisse sia frutto di un suo amore segreto con Laerte. Non era andata fuori tema, perché il titolo era ambiguo.

La Kahlo, figlia di un tedesco ma messicana dentro, ci dipinge, perché la sua parola è pittura, il dramma di una donna che non può rivelarsi e ruba i gesti, gli sguardi, le parole di suo figlio con una continua apprensione, un senso di protezione, una smisurata dolcezza: non una figurante, una comparsa. Una madre, anzi «la madre». Ancor piú sorprendente è che lo stile metaforico e figurato sia perfettamente omerico.

Sostituisce la verità storica con quella del sentimento. D'altronde glielo avevo insegnato io.

Gettysburg
(Una lezione sognata)

La quarta giornata di follia dell'anno cadeva stranamente di mercoledí, ma la domenica Zorzi, cercando di acciuffare il gatto che stava cadendo dalla finestra, volò giú dal secondo piano e finí dentro l'unico albero ancora non potato in viale Umbria.

Avremmo dovuto logicamente rimandare tutto a data da destinarsi, ma non ci fu verso: – Venite lo stesso in ospedale, non tutti però, ché nella stanza non ci stiamo. E poi c'è una sorpresa.

Partimmo in formazione ridotta: Merisi, Vecellio, la De Lempicka e la Morisot.

Al Galeazzi sono capaci di aggiungerti dita alle mani e metterti anche tre gambe, ma non era il suo caso. Giaceva, il miserello, su un letto esagerato con la sua bella gamba in trazione e la testa fasciata. Un medico molto informale in jeans e maglione lilla stava provandogli i riflessi; un altro, piú dignitoso, in camice d'ordinanza, poggiato allo stipite della porta lo osservava con aria pensierosa.

– Sembri un reduce, – lo salutò ridendo la Morisot.

– È come se lo fossi, – le rispose Zorzi da sotto le bende.

– Ma cosa ti è successo? – chiese la De Lempicka.

– È stato il gatto di mia nonna, – rispose ovattato, – se muore, il colpevole perde l'eredità, – risata generale. – Non sto scherzando, sta scritto nel testamento. Sultano per quella là è come un figlio.

Mi rivolsi al medico in camice:

– L'intervento com'è andato?

– È riuscito perfettamente, solo che abbiamo dovuto ridurgli anche un piccolo ematoma subdurale.

Aveva sbattuto la testa su un ramo.

– E...?

– A posto anche quello, sí, ma... c'è un «ma»...

Guardai verso Zorzi, che stava rispondendo «Qui sí, qui no» al medico casual.

– La sorpresa, – sibilò il ragazzo, – non vi avevo detto che c'era una sorpresa?

– Già, – s'intromise il dottore in jeans, che poi era uno psichiatra, – il ragazzo continua a vedere distintamente sulle pareti della stanza immagini di qualcosa che sembra essere una battaglia. È cominciata al risveglio dall'anestesia. Gli abbiamo fatto subito una risonanza, negativa. E una visita oculistica approfondita.

– E allora?

– Noi pensiamo che siano i postumi dell'anestesia. Si tratta di un effetto momentaneo, di solito non è di questa portata. Generalmente ai pazienti appaiono immagini sfocate, non persistenti: persone, cose senza nessuna attinenza l'una con l'altra. Qui pare che il ragazzo fissi un quadro reale, troppo reale, di figurine, centinaia di figurine che vanno di qua e di là per tutta la parete senza fermarsi mai. E da quel che dice, è come se fossero soldati di due diversi eserciti.

Mi preoccupai.

– Ma sono allucinazioni?

– Non è chiaro, – rispose lo psichiatra in jeans, – le

allucinazioni sono scoordinate, slegate, si sovrappongono l'una all'altra, qui no. Il ragazzo vede sempre la stessa storia in movimento, perché la storia non è fissa, si sta svolgendo come in un film. Il quadro insomma non cambia... gli uomini, i soldati è come se fossero vivi.

– Come in un film? – ripeté la De Lempicka.

– Sí, piú o meno, un film muto. Lo sconcerto ci nasce dalla precisione, oserei dire dall'iperrealismo della scena: lui vede alberi, colline, mortai, cavalli, il cielo e le nuvole che si spostano in quel cielo. Insomma, come se fosse un testimone oculare.

– In un film, però, è tutto un casino, – intervenne Zorzi, – cambiano le inquadrature, ci sono i primi piani, i tagli di scena. Qui no, qui la visione è sempre la stessa, panoramica larga e omini, migliaia di omini che camminano in fila, si arrestano, parlano tra loro, si girano, si ammucchiano, caricano, si ritirano. È come se vedessi tutto con un cannocchiale rovesciato.

– È cosí, è ovvio, – riprese lo psichiatra freak, – perché non si tratta di una proiezione indipendente, lui ce l'ha dentro, nel cervello.

Zorzi guardava fisso davanti a sé e ogni tanto puntava il dito verso la parete come per sottolineare un particolare a noi del tutto oscuro. Non sembrava preoccupato, se la rideva.

– Ma spiegami un po', – provai a chiedergli, – tu vedi sulla parete un campo di battaglia con tutti 'sti soldati che si affannano di qua e di là?

– Sí, ma non si affannano tanto, sono piuttosto ordinati.

– E tutti uguali?

– Manco per niente. Posso distinguerne di piú alti e piú bassi, e poi non sono vestiti allo stesso modo. O meglio, quelli che vengono giú dalla collina sí, gli altri schierati a sinistra paiono un'accozzaglia male assortita, solo pochi sono a cavallo.

– Spade, alabarde?

– No, e nemmeno lance.

– Non siamo in Grecia e nemmeno nel Medioevo. Tantomeno mi sembra la Grande guerra, – pensai a voce alta. – Dimmi, vedi dei cannoni?

– Oh, sí, canna lunga, ruote molto grandi, e poi ecco, forse può servire, anche le bandiere, i vessilli sono esagerati, non ho mai visto bandiere cosí grandi.

Li aveva cosí Ludovico il Moro, ma non era tempo da cannoni come quelli.

– Parrebbe roba napoleonica, – intervenne lo psichiatra elegante, – se non fosse che inglesi e prussiani non erano poi cosí male in arnese come dice il ragazzo.

Merisi ebbe un'illuminazione:

– Le bandiere, Zorzi, riesci a vedere cosa c'è sopra le bandiere?

– Ci provo. C'è troppo vento però... ecco... ecco... be', non è molto chiaro senza i colori...

– Ma vedi in bianco e nero?

– Sí. Ne ho beccata una. C'è una croce con dei puntini chiari...

– Non sono puntini, sono stelle, – esclamai. – È una bandiera sudista. È la guerra di secessione americana.

Dopo un po' di ricerche, riuscii a convocare due storici. L'emerito professor Ebenezer Vulnius della Columbia University e Gionata Pratticchizzo della Statale di Milano. Non se ne potevano trovare due piú diversi l'uno dall'altro. Ebenezer in giacca e panciotto, orologio da taschino, largo e rossiccio, di aulica presuntuosa presenza. Il Pratticchizzo pareva il garzone di un panettiere, t-shirt e capelli a fontana. Si capí subito che non bazzicavano le stesse idee.

Fatte le presentazioni furono messi al corrente della vicenda e delle nostre poche deduzioni. Vulnius esibiva un certo imbarazzo e si rivolse a quello che scoprimmo essere il primario:

– Professore, avrei una richiesta da farle. In questa stanza siamo in troppi, mal si respira e l'affollamento ottunde la mente. Non ci sarebbe un locale piú spazioso?

Locali grandi e appartati non ce n'erano. Ma il fatto era eccezionale, e per l'eccezionale si passa anche sopra le regole. La cappella dell'ospedale al momento risultava sconsacrata e sgombra di quasi tutte le panche. Cosí uscimmo in corteo, psichiatri in testa, Zorzi con tutto il letto a gamba tesa, e a seguire noi e i due luminari di storia americana.

Che quella fosse una cappella proprio non si percepiva: vuota, appunto, nessun arredo, solo un minuscolo crocefisso dietro un piccolo altare d'ulivo. Zorzi, seguito da sudisti e nordisti per tutto il corridoio, si sistemò di fronte alla parete di fondo. Continuava a seguire attento la sua esclusiva guerra di secessione.

– Lasci stare i combattenti, – lo apostrofò Vulnius, – mi descriva il paesaggio: ci sono fiumi, colline, case? E se sí, dove? A destra o a sinistra?

– Sullo sfondo – rispose Zorzi – c'è una lunga dorsale e lí si combatte. Direi che si cannoneggia dall'alto. Piú giú a sinistra due colline un po' isolate e tra le colline un edificio bianco, non una casa... piuttosto, boh, un convento? Ma i muri sono troppo bassi...

– E i soldati, – lo incalzò Vulnius, – quelli con la giubba piú chiara, da che parte stanno?

– Io li vedo a destra, nella pianura. Gli altri, quelli scuri, sono a sinistra, fermi. È come se attendessero un attacco, asserragliati dietro la collina e in quella costruzione bianca.

– Riesce a focalizzare i fucili degli uni e degli altri?

– Sí, molto chiaramente. Quelli che attaccano li hanno un po' piú corti. Qualcuno addirittura li carica dalla canna infilandoci dentro i proiettili, almeno credo. Qualcun altro piú indietro imbraccia delle doppiette. Ma in questo momento sono tutti come in attesa. I cannoni stanno sputando fuoco, una tempesta di fuoco.

– Moschetti e probabilmente Springfield o Enfield a canna rigata, – Vulnius dixit.

– Ne cadono parecchi, ma la collina e l'edificio bianco resistono. Rispondono con fucili a ripetizione...

– Sono Henry o Spencer, micidiali, quarantacinque colpi al minuto. I sudisti li chiamavano «i maledetti fucili che li carichi la domenica e sparano fino a sabato».

– Ok, adesso mi ascolti. Faccia un giro panoramico di tutti gli assedianti e mi dica se nota qualcuno con un cappello a larghe tese, ce la fa? Intendo proprio un cappello, non un berretto.

Zorzi era agitato come se la sera prima fosse andato a ragazze, non avesse studiato un cavolo e fosse stato chiamato per un'interrogazione.

– Lei mi chiede se in questo gran bordello di scalmanati che non stanno mai dov'erano prima riesco a beccarne uno, uno solo, col cappello in testa?

– È vitale. Probabilmente ne troverà anche piú d'uno, ma quello che interessa a me ce l'ha chiaro, non scuro –. Come cercare un quadrifoglio.

Zorzi si aiutava col dito puntato per evitare di cercare dove aveva già cercato. E nel frattempo cantava *Me protegge, me difende*.

– Cos'è? – chiese lo storico. – Cosa canta?

– Non ci faccia caso, – risposi, – è un'aria della *Norma*. Zorzi è un patito del Bellini.

Passarono due o tre minuti, nessuno fiatava. E nessuno, in quell'assurda situazione, poteva aiutarlo.

– Eccolo, è vicino ai cannoni di destra, quelli che sparano ovunque. E pare pure molto incazzato, si agita, urla con tutti, bel pizzetto al mento, un figurino.

– Robert Lee, – se ne uscí Pratticchizzo, fino ad allora assente ingiustificato, – è la battaglia di Gettysburg.

Vulnius lo fulminò con un'occhiata:

– Ma bravo! E visto che non sta nella pelle, informi lei i presenti di come è arrivato a questa memorabile scoperta!

– Vedete, – esordí Pratticchizzo, ignorandolo, – quella di Gettysburg fu la madre di tutte le battaglie della guerra civile. Non l'ultima, ma quella che segnò la fine dell'arroganza sudista. Da lí in poi cominciarono a disgregarsi. Fu una sconfitta pesantissima per mancanza di organizzazione, di mezzi, di strategia.

– Ma nemmeno per sogno! – saltò su Vulnius inviperito. – In verità nessuno superò l'altro, non racconti fole. Gli unionisti per due giorni erano stati schiacciati e decimati, annientati. Se solo Lee avesse insistito senza aspettare, come voleva Ewell, non sarebbe arrivata la cavalleria a salvare Meade. Lo dica, lo dica a tutti quante volte Lee aveva passeggiato sul campo nemico a contare i cadaveri!

Pratticchizzo non si scompose minimamente.

– Provo a chiarire questo garbuglio. Come si è arrivati a capire che si trattava di Gettysburg? Innanzitutto le bandiere. Fino al '61 ne avevano di diverse e Gettysburg è del '63. Dopo il '61 di battaglie cosí affollate ce ne sono state al massimo due. Ma piú di ogni altra cosa contano la geografia del luogo, la posizione degli eserciti e il tipo di manovra che il ragazzo vede svolgersi. Gli unionisti le avevano prese sode il giorno precedente, il 2 luglio. Quel crinale che Zorzi vede sullo sfondo è a ovest ed era stato occupato all'inizio da Buford per anticipare l'arrivo dei sudisti da Chambersburg. Il nome del crinale è Seminary Ridge. Resistette a lungo, ma infine dovette cedere. E cedette pure un altro punto piú a nord, che per il ragazzo è fuori quadro, e cioè la collina di Oak Hill. In breve Lee si prese tutta la zona a nord della città e poi la città stessa. Il generale unionista Meade pensò di dare per perso il fronte a settentrione e di provocare Lee assestandosi sotto Gettysburg, su due colline che il ragazzo ha ben individuato: Round Top e Little Round Top. Quello che a Zorzi sembrava un ammasso bianco di muri era in realtà un cimitero, anch'esso elevato: Cemetery Hill. Lí appunto gli unionisti scavarono le linee di difesa. Lee fece passare una notte, il fronte dei suoi nemici era troppo largo, aveva capito di dover attaccare al centro, come ha ben riferito il mio illustre collega, ma non lo fece subito. Aspettò il giorno dopo in un misto di strafottenza e senso di superiorità. Quando, ormai tardi, partí a cannoneggiarli, ed è la fase che ora vede il ragazzo, gli unionisti avevano rinforzato le difese e nonostante la pioggia di bolidi, l'inferno che si levò, alberi schiantati, rocce a pezzi, il numero delle vittime non fu cosí elevato. Qui Meade costruí il suo capolavoro. Fece tacere i suoi cannoni fingendo di non avere piú munizioni, di essere alle corde. Lee ci cascò in pieno e in quel silenzio che gli apparve già come una resa, scatenò la sua fanteria all'attacco in campo aperto. Lo so, mi rendo conto che sto descrivendo un massacro come un gioco da tavolo e chiedo scusa. Quel che accadde il pomeriggio del 3 luglio fu una catastrofe umana senza precedenti. I soldati non sono pedine di una scacchiera, sono carne e sangue, pensieri, ideali giusti e sbagliati, donne lasciate a casa, infanzia, amici e ricordi, voglia di futuro. E li vedo nella mente quegli uomini scatenati per la pianura in quello che credevano un ultimo coraggioso ma facile assalto, contro un nemico ormai allo stremo. Ma non fu cosí. Meade attese che si avvicinassero il piú possibile e infine riaprí il fuoco. Un'ecatombe. Senza riparo i confederati caddero a frotte, uno sull'altro, i piú vicini colpiti alla testa, al petto, i piú lontani con le gambe tranciate dalle palle che, concluso il volo, rotolavano per tutta la pianura. Qualcuno ebbe persino la forza di arrivarci, alla trincea nordista, nessuno si fermò, nessuno corse all'indietro. Qualcuno ci arrivò e morí lí, forse convinto di avere altri dietro che avrebbero rotto quell'argine. Ma dietro non c'era piú nessuno.

– Lei stravolge la storia, – si drizzò Vulnius furibondo, – e in piú si mette a farfugliare con quel pietismo liquoroso che è tipico della vostra risma, «Sia lode al nemico», litania da sepolcro imbiancato! Che brutta infida gente che siete voi democratici, che di democratico avete poco o niente. Avete consegnato alla storia la fandonia di una guerra per l'uguaglianza, per il riscatto dalla schiavitú: avete tranciato in due il mondo, di qua i buoni di là i cattivi, e poi, poi sí, i cattivi li commiserate pure. Vogliamo dirla giusta a questi signori? Macché liberazione dalla schiavitú, catene, macché ideali! Potere, denaro, commercio, libero mercato, operai a far la fame, in un miscuglio d'ipocrisia e, sottobanco, di massoneria e sfrenato capitalismo. Due Americhe dovevano esserci e siete arrivati a non farcene avere piú nessuna.

Era tutto rosso, i muscoli del collo tirati allo stremo. Ci voltammo verso Pratticchizzo. Aspettavamo una replica che restituisse un senso comune alla storia. Una raffinata e pacata risposta che rimettesse a posto l'inclinazione dell'asse terrestre, un confortante, civile, sereno recupero della verità.

Pratticchizzo era il nostro imperturbabile moderato pacificatore. Si alzò e già tiravamo il fiato. Fissò Vulnius calmo e sicuro:

– Vaffanculo, vecchio coglione, – fu la risposta.

Immediatamente il vecchio coglione si alzò, girò sui tacchi e senza un cenno di saluto uscí per sempre dalle nostre vite.

Nel mentre, perché non avevamo ancora raggiunto l'apice dell'assurdo, ti entra una suorina che avrà avuto cent'anni, curva e ansimante, camminando a piccoli passetti come i coniglietti della Duracell. Saluta come fosse normale trovarsi davanti due psichiatri, quattro studenti, uno storico fuori di sé e un degente con la gamba in trazione in una cappella, e s'inginocchia nell'unico banco rimasto per pregare.

A quel punto feci un cenno ai ragazzi. Uscimmo alla ricerca di una terrazza, di un balcone, di qualcosa che desse sul fuori. Avevo voglia di fumare, la De Lempicka pure. Avevo voglia di parlare con loro.

Si era venuti a trovare Zorzi per una giornata di follia e cosí sarebbe stato.

Trovammo lo sbocco. Da quella parte del Galeazzi Milano non si vede, corre la Comasina verso le Prealpi e le Alpi. Il cielo era di un azzurro manzoniano, ma oltre? I burattinai tirano i fili o li aggrovigliano?

Merisi, la De Lempicka, Vecellio, la Morisot borbottavano fra di loro. Sí, quella doveva essere un'altra giornata di follia.

– Che ne pensate? – provai a stuzzicarli.

– Che Zorzi è fuori di testa, ma d'altronde lo è sempre stato, che gli psic non capiscono un cazzo e i due storici sono da burla, – per tutti la Morisot.

– Non intendevo questo, intendevo la battaglia.

– Be', è un caso. Poteva anche vedere *Biancaneve e i sette nani* o un porno, – sentenziò Merisi.

– No, – lo interruppi, – non è un caso. Zorzi ha per la testa qualcosa di molto piú grande.

– Ma se la guerra fa schifo! – Vecellio.

– No, non fraintendetemi. I nordisti avevano tutte le ragioni, ma Gettysburg è soltanto una metafora. Zorzi è al centro del nostro mistero, il piú insondabile dell'universo e di rimbalzo dell'uomo: la duplicità, il doppio, comunque e sempre. Vi racconterò una storia, anzi una trama, quella di un film di dieci anni fa: *I duellanti*. Siamo in epoca napoleonica, ma Napoleone, la Russia, Waterloo fanno solo da sfondo, sono pretesti. La storia, quella vera, è di due ufficiali, D'Hubert e Féraud, costretti da un incomprensibile destino a sfidarsi continuamente a duello. La prima volta per il solito codice d'onore: c'è una donna di mezzo. Nulla di fatto, parità. Ma i due s'impuntano, vogliono battersi ancora e ne avran modo altre e altre volte, senza mai riuscire a concludere i loro duelli. Persino durante la ritirata di Russia penseranno solo a quello, incuranti della tragedia che incombe intorno. Poi sarà una scelta morale a dividerli: Féraud resterà con Napoleone nei Cento giorni, perderà, cadrà in disgrazia, finirà in carcere. D'Hubert al contrario farà carriera nell'esercito monarchico. Potrebbe finire tutto lí ora che fanno parte di due mondi separati, remoti: uno ha vinto, l'altro ha perso. Ma nessuno dei due ha veramente vinto o perso. Non era la guerra il fine ultimo, il limite. Il limite era qualcosa che entrambi avevano dentro e ormai non sapevano nemmeno piú perché, se n'era perso il motivo, placata l'offesa, consumato il dissidio. Non provavano né odio né disprezzo né rancore: non c'era piú niente da far pagare, tutto era calmo, immoto, placido, consumato, soprattutto per D'Hubert. Eppure D'Hubert riesce a far uscire Féraud di prigione e lo sfida. Sarà il loro ultimo duello, ma non vi dirò come finisce, perché forse non è finito mai.

Avevano capito. E forse uno di loro aveva capito anche qualcosa di piú: che D'Hubert e Féraud erano la stessa persona.

– Da sempre? – reagí Vecellio.

– Da sempre la vita è una divisione dal resto incerto. Noi siamo una divisione. Volete provare?

– Essere e divenire? – si lanciò la De Lempicka.

– Cosa?

– Il doppio, non ci ha chiesto lei esempi di doppio?

– Io e non-io, – aggiunse Vecellio, – ma forse non è in tema...

– Lo è, – risposi, – e tu Morisot?

– Spirito e materia.

– D'accordo. Ma scendiamo piú in basso.

– Perché guarda me, – ridacchiò Merisi, – quando si deve scendere piú in basso? Però ha ragione, a me vengono in mente Paperino e Gastone, Stanlio e Ollio.

– Per niente fuori tema. Il comico è l'esorcismo del tragico.

– Ho in mente, – era la Morisot, – il teatro dell'arte e quello borghese.

– Sí, come la musica colta e quella popolare, – continuò Vecellio, – la pittura astratta o figurativa.

– Sparta e Atene, – s'illuminò Merisi, – tutto al mondo o è Sparta o è Atene.

– Sí, – approvai, – ma tiriamo fuori qualche esempio letterario...

– Jekyll e Hyde, – fu lesto ancora Merisi.

– Sí, ma è un'antonomasia, troppo facile, – risposi.

– Forse, forse Bloom e Dedalus in Joyce, o Narciso e Boccadoro, – la Morisot.

Per la De Lempicka fu come una sfida:

– Settembrini e... e... come si chiamava l'altro?

– Leo Naphta, *La montagna incantata*, – mi stupii, – è perfetto.

– Scusate se scendo ancora di tono, – tornò Merisi, – forse manco c'entra, ma a me ha sempre fatto ridere quella storia di Salomone con le due madri che si contendono un figlio. Ovviamente Salomone scherzava quando propose di dividerlo in due, il bambino, un pezzo a una, un pezzo all'altra. Quelle non possono avergli creduto. E infatti la prima manco risponde. La seconda se ne esce invece con una paraculata: «No, no, cosí no, preferisco che se lo tenga lei purché sia vivo».

– Magia e scienza, – s'intromise la Morisot, che manco stava ad ascoltarlo.

– Non direi, – risposi, – lí è piú sfumato...

– Forse meglio scienza e fede, – si corresse, – che ne dice?

– Che la scienza vede, la fede è convinta di vedere.

– E perché non il contrario? – fece Vecellio. – È la fede a vedere, la scienza ne è solo convinta.

Si aprí un battibecco a quattro voci e li lasciai fare. Gli avevo dato il la.

Avrei dovuto dir loro tante cose, troppe. Che la duplicità è la nostra maledizione, il mistero insolubile, ma anche la nostra salvezza. Che è confronto, cambi d'umore, slanci e cadute d'amore, soprassalti e sconforti, sconfitte e rivincite, entusiasmi e depressioni. E anche che dalle nostre viscere l'abbiamo trasmessa, questa duplicità, al nostro modo di stare insieme: se stando sotto qualcuno che ci dice come fare o decidendo tutti tra mille disaccordi o ancora delegando ai piú saggi, ai piú capaci.

E se questo stare insieme vuol dire chiuderci o aprirci ad altri, sederci per terra o rischiare il mare, ammucchiare o sperperare cose, pensieri: dire loro cioè che «quella» scelta di libertà ci aveva tramutati nella storia da principi a rane gracidanti, invertendo la favola per riportarci, come castigo divino, all'*aut aut* dell'Eden: non credi nell'uguaglianza tra gli uomini e crei scale, e intendi che gli inferiori debbano sempre starsene giú e cosí sia piú facile, piú in ordine; oppure in questa uguaglianza ci credi, perché un tempo c'era, la senti in te, e allora accogli, t'intestardisci, sbagli e perdi sempre e tutto è piú difficile, quasi insormontabile.

Avrei potuto, ma non conoscevo, se non mie, assolutamente mie, risposte.

«Professore, ma se c'è una tesi e un'antitesi ci sarà pur bene una sintesi!» avrebbe giustamente replicato la De Lempicka.

No, non esistono sintesi, esistono solo compromessi: l'unica sintesi che io conosca è un figlio. La confusione della cultura, la chiusura agli intrecci, i dogmi a paratie stagne, la golosità contro la fame, i pezzi dell'incastro rovinati dal tempo che non coincidono piú, i miti spezzati e ridotti a imitazioni eretiche, aver perso tutto un mondo di segni che pulsavano significati e vivere di significati senza segni e in questo immane sfascio tenersi artigliati all'arte, alle idee, alle parole, alla musica, al canto, e amarli di un amore disarmato. Non potevo dirglielo. Gli insegnanti danno speranza.

Stavano ancora confabulando fra loro e li richiamai.

– Vivere è un *aut aut*, non un *vel vel*, – dissi, – *aut* lascio la mela dov'è e me la spasso per l'eternità, *aut* me la mangio e mi cacciano dall'Eden. Abbiamo scelto la libertà piuttosto che la felicità, quel tipo di felicità. Potevamo vivere in un palazzo imperiale o in un prato incolto come il suonatore Jones. Il dubbio. Questo essere doppi quaggiú è la nostra condizione, il nostro destino, ma è anche, ah se lo è, la nostra sfida. La sfida di Kafka al guardiano. Ci vorrà un secolo, un'eternità, ci sarà da superare il tempo, ci vorrà che l'aria stia per finire e il sole si squagli nel cielo, o altri cieli si sovrappongano, ma io ho la certezza tremante che gli uomini un giorno saranno lí a guardare tutto ciò con la mano nella mano.

Quando rientrammo, anche il secondo storico se l'era filata. La suorina, che probabilmente non aveva fatto altro che pregare dopo quel crescendo di «ipocrita, schiavista, affamatore, vaffanculo», era accanto al letto di Zorzi.

– Scusi, ma ho sentito parlare di guerra. Lei figliolo è forse un reduce? – gli chiedeva.

Zorzi, si capiva benissimo, ne aveva ormai le palle piene di medici, storici e visioni. Strizzava continuamente gli occhi nella speranza che quel «cinematografo» sparisse.

– Sorella, – rispose.

– Madre, – fu corretto.

– Madre, – riprese Zorzi sdrusciando il termine, – io ho diciotto anni, che guerra posso aver fatto?

– Oh scusi, scusi, mio fratello a diciotto anni combatteva lassú, – e indicò il tetto, – in montagna.

– Suo fratello era nella resistenza?

– Sí, era molto resistente, una volta per scommessa si fece tutto il giro del lago di Como di corsa... ah be', meglio cosí, mi ha tolto un peso dal cuore, – e tornò sulla panca a pregare.

Eravamo tutti un po' inquieti: ora che si sapeva di che battaglia si trattasse, bisognava capire perché proprio quella.

– Ma lei ha mai letto, che so io, libri, fumetti, insomma qualsiasi cosa sulla guerra di secessione? – chiese a Zorzi il primario.

– Guardi, – fece Zorzi, – io non so nemmeno dov'è l'America. Da bambino giocavo agli indiani e ai cowboys, le può essere utile?

– No. Ha visto film di guerra? E quali?

– Non ho mai visto un film di guerra, la guerra mi fa schifo. Io adoro Bruce Lee e poi se devo dirla tutta mi piacciono i porno.

Ci fu un attimo di imbarazzo collettivo. La Morisot ridacchiò.

– E dove li trova?

– Li trovo. Anzi, già che siamo in argomento, c'è una cosa strana che non ho detto finora.

– Sí?

– Ogni tanto sul muro di una casa di quel posto, come si chiama, Gettysburg, si accende una finestra. Se io continuo a fissarla, insomma se la metto a fuoco, intravedo il corpo di una donna. Se continuo ancora a fissarla la finestra si allarga, come in un effetto zoom, e la donna comincia a spogliarsi.

– Bella? – se ne uscí serissimo Merisi.

– Notevole e molto realistica.

Il dottore in jeans era sobbalzato, forse perché una

donna nuda per uno psicoanalista è sempre una madre. Si avvicinò a Zorzi:

– Le ricorda per caso qualcosa *Via col vento*?

– Non mi pare.

– È un film. L'ha mai visto?

– Non credo proprio.

Per uno strano effetto di occlusione i soldatini correvano sul camice del dottore.

– Le risulta che sua madre lo abbia mai visto?

– Probabile, è sempre attaccata alla tv. È un film d'amore?

– D'amore, sí, ma soprattutto ha per sfondo la guerra di secessione.

– Aspetti, aspetti, quella frase che mia madre ripete sempre, «Domani è un altro giorno», è di quel film?

– È proprio di quel film.

– Oh, l'avrà visto cento volte, la mandava fuori di testa.

– E adesso stia bene attento, si sforzi, si concentri. Si ricorda l'ultima volta che l'ha visto?

Figurarsi se Zorzi aveva fatto caso a una cosa del genere.

– Me lo ricordo benissimo, – rispose sorprendentemente.

– E perché lo ricorda cosí bene, – lo incalzò lo psicoanalista, – era successo qualcosa d'insolito?

– Molto insolito, è morto mio padre. Era lí con noi sulla poltrona e zac, infarto fulminante.

Per lo psicoanalista fu come si fosse squarciato il cielo e fossero venuti fuori serafini, cherubini, troni e dominazioni in ordine sparso e trombe in bocca a squillar melodie in onore dell'Eterno.

– Que... que... questa, – non riusciva nemmeno a sillabare le parole, – questa è la risposta! – buttò fuori finalmente d'un solo fiato. – La risposta, la risposta, – continuava a ripetere come un disco incantato. Poi cominciò a camminare in circolo parlando a se stesso, con gesti e scatti involontari come volesse mettere a fuoco un pensiero. Infine ci guardò: – Si tratta ovviamente di un trauma mai rimarginato, di una ferita seppellita nell'inconscio, e quando l'effetto dell'anestetico svanirà del tutto si richiuderà pure la ferita. Il momento della morte del padre è stato per il ragazzo come una frattura tra il prima e il dopo. Quel dolore improvviso, inaspettato, nel vederlo cadere e morire, si è indelebilmente associato a ciò che lui aveva davanti: uno schermo su cui scorreva la battaglia di Gettysburg. Dev'essere rimasto lí inebetito a fissare quello schermo per chissà quanto, senza vedere veramente, senza capire e ovviamente senza ricordare. Ma quelle immagini gli si sono impresse nell'inconscio, hanno operato un transfert emozionale di un dolore inaccettabile. È un fenomeno raro, scatenato da uno strato di trance: durante l'anestesia, si è aperto un varco verso la coscienza. Il film e il padre si sono scollegati, il trauma è chiuso. Non proverà mai piú niente di simile.

– Certo che la testa fa brutti scherzi, – se ne venne fuori Merisi, che era stato fin troppo zitto.

– Ma la donna nuda? – provò a chiedere Vecellio, come al solito ombroso e corrucciato.

– Non era una finestra, era uno schermo. Era la madre davanti allo schermo.

– Nuda? – si stupí Merisi.

– Questo è un altro discorso, – rispose lo psicoanalista. – Ogni donna è la madre, per l'inconscio.

Zorzi continuava bellamente a godersi la sua battaglia di Gettysburg e sembrava che la rivelazione dello psicoanalista non gli avesse fatto né caldo né freddo. Ma era finita. La porta che si era aperta tra l'anima e la mente stava per chiudersi di nuovo e per sempre. Avremmo avuto insieme altre «giornate di follia» e si sarebbero tradotti Cicerone, Apollonio Rodio e compagnia bella come tutti, senza altri gatti da acchiappare al volo. L'eredità era salva.

Fu allora che la suorina si alzò dalla sua panca e ci venne incontro con aria interrogativa.

– Sí, sorella? – la prevenni.

– Madre...

– Dica, madre.

– Devo chiedere scusa, mi sono intrufolata qui come un'intrusa, non avevo capito che stavate facendo un esperimento scientifico. Però l'ho seguito tutto, quel tremendo film di guerra che avete proiettato sulla parete. Solo una domanda: ma perché i soldatini erano cosí piccoli, piccoli, piccoli?

Odissea nelle spezie

– Si è svegliato finalmente!

– Sí, ma non sembra pienamente in sé.

– E ci credo, nove giorni a ronfare!

– E dire che lo avevamo avvisato: con il loto non si scherza. È un cibo meraviglioso, ma ti manda fuori di testa.

– Tu lo conosci: lui non ha mezze misure, o tutto o niente. E ora cosa fa?

– Bofonchia, borbotta frasi incomprensibili, i compagni tentano di scuoterlo, ma pare non ci sia verso.

– Incomprensibili?

– Da quel che ho sentito sarebbe stato di qua e di là per due anni e avrebbe affrontato tremendi pericoli.

– Povero lui!

– Ma si sarebbe pure scopato dee e maghe!

– Beato lui!

– No, no, è il loto che fa questo effetto. Lui di qua non si è mai mosso. Allucinazioni, Proclo, visioni nel sonno, ma non so bene se dobbiamo dirglielo o no.

– E perché poi?

– Potrebbe impazzire del tutto e chi ci torna piú a casa?

– Sí, sí, appoggio l'idea, facciamo finta di credergli.

– Mica facile però.

– E perché?

– Dice che noi siamo tutti morti durante 'sto viaggio che si è messo in testa.

– E come?

– Naufragati, dispersi e per colpa nostra. Secondo lui avremmo rubato i buoi del dio Sole e il dio non l'ha presa bene...

– Ma delira!

– Dài, Lampsaco, te l'ho detto che è fuori di testa.

– Presto, corriamo da lui e proviamo in qualche modo a svegliarlo.

– Ma è già sveglio!

– E allora svegliamolo di piú! I compagni sono con lui?

– Esterrefatti. C'è chi piange, c'è chi invoca Zeus.

– Ma... le navi?

– Sono alla fonda, pronte a salpare.

– E allora sbattiamocelo sopra e via, con le buone o con le cattive.

– Il fatto è che anche gli altri vogliono restare qui per colpa del loto: Coridonte l'ha detto chiaramente!

– Dovranno vedersela con me. Presto, Proclo, seguimi o sarà troppo tardi.

– Possibile che non ve lo ricordiate il gigante, quello con un occhio solo? Ci abbiamo lasciato là sei compagni. E il tizzone di fuoco? Ehi, Dittaco, dico a te: se non ce ne scappavamo appesi alle pance delle pecore, tu dove saresti ora? Su, dimmelo, dove saresti? Va bene, vi siete salvati dal naufragio, mi sono convinto... ma, per Posidone, avete perso tutti la memoria?

– Il loto, Odisseo, ne è la causa: ma tu parla, dicci, che forse ci puoi aiutare!

– Ho lasciato or ora la terra dei meravigliosi Feaci

e in lontananza già scorgevo Itaca, i tetti delle mie case, la torre della mia reggia. Mi pareva quasi di toccare con mano gli alberi e i campi: piccole figure simili a formiche si agitavano qua e là sull'approdo, sibili di rami verdi bruciati le loro voci. Ed ecco che un'onda enorme mi travolge, la zattera come uccello impazzito vola per l'aria, ripiomba e si erge tra i flutti, sparisce la mia isola, si capovolge il cielo, nero di pece mi inghiotte il mare, mi sovrasta, mi spinge, non so giorni, non so notti, aggrappato alle corde pregavo gli dei che ci fosse un domani, potessi la mia Penelope rivedere. Poi di colpo, cosí com'era nato, tutto cessò, si fece mite il pelago, appena increspato da brezza sottile. La zattera che aveva resistito seguí docile una via tra le correnti e qui si arenò, su questa terra che chiamano dei Lotofagi, dove v'incontrai.

– (Sí, sí, Lampsaco, mi pare questa la tua idea. Fingiamo che sia tutto vero. A dirgli che vaneggia portiamo vasi a Samo. Lasciamolo raccontare, lasciamolo sfogare. Che ne sappiamo noi? Può darsi che un nero umore debba uscirgli dai precordi e una volta uscito se ne liberi). Continua, Odisseo, moriamo dalla voglia di ricordare e sapere.

– O compagni, dopo il naufragio in cui vi credetti tutti morti, puniti per il furto dei buoi al dio, io da solo, con l'unica nave rimasta, malconcia assai, giunsi agli estremi limiti del nostro mare, dove tutto si fa oceano e voragine. Colà mi accolse la bella figlia di Atlante, Calipso è il suo nome, e per sette anni mi tenne in una prigione che chiamava amore. Ma era solitudine, la sua insopportabile solitudine a stringermi di forsennata, disperata dolcezza. L'isola di Ogigia non ha fiori né frutti, né luce né stelle, né vento né pioggia, solo un infinito, interminabile azzurro di cielo, come dipinto: cibo da dei, perché di un dio era figlia, e interminabili nervose carezze che furono allettanti al principio ma con il tempo divennero punte di fastidiosi aghi sulla pelle. Si sogna e si spasima pur di restare con un'incantevole creatura in un paradiso intatto e irraggiungibile, ma cosí non è, compagni, la felicità viene a noia come ogni cosa. La felicità è un limite: la mente lo sposta di continuo quel limite, sempre piú in là, fino a giungere dove non corrisponde piú nessuna esperienza.

– Parole sagge, Odisseo, ma dicci, chi mai te le insegnò? E chi ti liberò dall'isola di Ogigia, da Calipso?

– Tiresia mi aprí gli occhi, quando lo incontrai nel mondo dei morti e gli chiesi il mio futuro: «Tu arriverai dove non conoscono la navigazione e lí pianterai un remo», ed Ermes, per volere di Zeus, mi liberò da Calipso. Io ero già senza speranze. Nei miei vaneggiamenti sognavo di non essere mai partito da Itaca, che l'assedio di Ilio non avesse mai avuto luogo. Calcavo la spiaggia in lungo e in largo, lasciando aperti tutte le notti i cancelli del pianto, finché il dio alato non convinse Calipso a lasciarmi andare. La penso ogni tanto, e mi chiedo, e non so, chi l'avesse abbandonata là, segregata e nascosta e per quali colpe.

– E da lí giungesti qui da noi?

– Vi ho già spiegato come. Ma prima che infernali prove abbiamo dovuto affrontare! Non mi stupisco che le vostre memorie si rifiutino di ricordarle. E il fato è stato con voi benevolo, se solo pensate ai vostri compagni tramutati in porci dalla maga Circe. E quanti ne ho salvati entrando nel suo letto! Arrivammo all'isola di Eea che non si capiva piú dove fosse Oriente, dove fosse Occidente, e per due giorni e due notti non incontrammo anima viva. Poi mandai Euriloco in esplorazione. Ah, povero Euriloco, ecco che si vede venire incontro lupi, leoni e ogni specie di animali selvatici, lí, a difesa di un castello che appare all'improvviso. Ne esce un canto di armoniosa voce femminile. Inebetiti i compagni si precipitano dentro per il portone aperto, la voce si spegne, la maga appare, offre bevande infide, i marinai si trasformano in porci, tranne Euriloco che ha buone gambe e intelletto acuto, scappa, mi avvisa, prendo le armi e corro, ma poco avrei potuto fare se Ermes, durante il cammino, non mi avesse dato un mirabile farmaco contro i poteri della maga. Io alzo il brando e lei mi porta a letto fra giochi e trucchi che neanche tutte le πόρναι achee messe insieme saprebbero fare. «Cosí avremo fiducia uno dell'altra», dice. Poi ci libera tutti e io, ci mancherebbe altro, rispetto il patto, ché sono uomo d'onore, e ogni notte torno nel suo letto. Questo finché alcuni compagni non mi mettono all'angolo e mi fanno capire che è ora di riprendere il viaggio. «Sí», rispondo loro, «ma io tra i morti, voi tra i vivi». «Tra i morti?» mi chiedono. «L'ingresso dell'Ade è poco lungi da qui, prima d'imbarcarmi voglio rivedere mia madre, voglio interrogare Tiresia».

– E ci sei andato, Odisseo? Sei veramente disceso agli Inferi?

– Ci puoi giurare, Lampsaco!

– Be', però, Odisseo, tutte queste disgrazie e sventure che ti sarebbero capitate io non le ho sentite. Mi pare piuttosto che ti sia sollazzato in lungo e in largo a seminare ventri.

– Via, Proclo, ho fatto di necessità virtú, tu cosa avresti fatto?

– Io, Odisseo, scusa la forma, se avessi saputo che

eri un tale smargiasso non sarei mai partito insieme a te da Ilio... ci hai sempre messo in situazioni disperate!

– E le sirene, allora?

– Le sirene? Quali sirene? Che cos'è una si...?

– (Taci Proclo, dobbiamo assecondarlo, fai finta di capire!)

– Chi vi ha messo i tappi nelle orecchie per non udirle? Chi si è legato all'albero maestro per non impazzire e magari fracassarvi la nave?

– Queste sirene cos'erano, pirati?

– Taci, smemorato! Le ho ascoltate io solo. A chi non comprende quel canto non è concesso di ascoltarlo: perirebbe nel gorgo; chi non sa non è nessuno. Io ne ero stato avvisato, ma ho dubitato perfino di me stesso. Cantano la verità, e la verità è accecante, assordante, maschera perversa che si sfrangia, illimitato filo indipanabile che l'afferri e guizza come pesce fra le mani, ti raggira e t'illude, ché credi di averla letta tra le note di una cantilena divina, ed è forse cosí per un attimo, luce fra gli scogli, ma ecco che all'improvviso si spegne, ne trattieni solo brani sparsi, interrotti, falsati, sí che l'uno non si congiunge piú all'altro e ti resta un vago, impalpabile approdo di sereno, di vino formicolante fra le ossa, ombra dell'infinito. No, non era per voi. Voi non conoscete partenze, vi accontentate solo degli arrivi.

– Ma pure tu, Odisseo, brami di tornare in patria.

– Pure io, Lampsaco, purché non mi riprenda di nuovo la maledizione. Viviamo tra ἀπαλλαγή e il νόστος. C'è mio figlio là che sarà già uomo ormai, il vecchio padre, se le Parche non avranno ancora reciso il filo, e soprattutto lei, la mia sposa adorata e fedele, la mia Penelope.

– (Glielo dobbiamo dire o no?)

– (Che la sua Penelope se la ingroppano i Proci? Che ti sei messo in testa, sarebbe devastante! Lo scoprirà da solo).

– Cosa state sussurrandovi voi due come cospiratori?

– Niente, Odisseo, è che ora sarebbe il caso di convincere un po' tutti a tornare, a malincuore, lo sappiamo, perché dove lo troviamo un posto come questo e un frutto come il loto? Non volevamo. Ma ora tu coi tuoi racconti ci hai ridato la voglia di riprendere il mare. Dobbiamo dipanare questa ubriachezza e bere acque sorgive, riaprire questi occhi che, chiusi, intuivano solo φάσματα dentro di noi, εἴδωλα, false immagini. Ti porteremo focacce, formaggio e olive. Dopo che avrai mangiato e riposato fino all'alba, salperemo.

– Dici parole sagge, Lampsaco. Ho sí fame, ma ancor piú mi si chiudono gli occhi per un sonno vero e sereno. Sono felice di avervi ritrovati vivi e non travolti dai flutti. Mi sento stanco per lo sforzo e l'emozione di quel che vi ho raccontato.

– Era ora!

La donna, bellissima, è china su di lui: i capelli color tramonto tenuti assieme da un nastro dorato che per tre volte li cinge, abbandonandosi morbido lungo la schiena.

– Era ora. Sono tre giorni che dormi e abbiamo temuto per te!

– Penelope, mia adorata! Son tornato dunque cosí malconcio dal viaggio?

La donna ha un attimo di esitazione. Tenta di nasconderlo volgendosi verso la trifora che dà sui campi di Itaca.

– Ma quale viaggio, adorato? Di quale viaggio parli?

– Del ritorno, Penelope, del mio ritorno. Sono forse arrivato esanime? Ho perso i compagni nel tragitto? Perché mai sono qui, nudo, disteso sul mio letto?

Penelope lancia un rapido sguardo verso Euriclea, la vecchia nutrice, immobile al centro della stanza con una bacinella d'acqua tiepida fra le mani.

– Forse, forse, – prova a dire, – non sei ancora guarito del tutto. Non agitarti, sarà sopraggiunta una certa infezione, ne è segno la febbre: hai sopportato un colpo piuttosto duro.

– Quale infezione? Che febbre? Che colpo? Cosa sta succedendo nella mia casa? Forse uno dei Proci mi ha ferito? Che mi importa, tanto ormai saranno tutti nell'Ade a mangiarsi il fegato. O son caduto? Ho inciampato in uno di quei dannati bacili che sono sempre dove non devono essere? Per le scale?

Penelope non si decide a rispondere, anche perché non sa cosa rispondere. Quello non è il suo Odisseo, non l'ha mai visto cosí fuori da se stesso. Opta per la verità, vada come vada.

– Sei stato ferito da un cinghiale, Odisseo, ferito a una coscia tre giorni fa.

– Ma cosa dici? Sarà stato almeno vent'anni fa! Lo ricordo benissimo, Euriclea mi curò con le sue erbe e guarii subito!

– Guardati la coscia.

Odisseo scopre il lieve lenzuolo di lino che gli protegge il corpo e vede: la ferita è larga e profonda. Il cinghiale deve aver affondato la zanna con forza, non ci sono segni di cicatrizzazione, la carne intorno appare di un blu intenso. Realizza che toccarsi fa male eccome.

– Ma io… io…

– Tu, mio adorato, hai delirato per tre notti di compagni morti, di mostri a tre teste, di maghe, di porci, non riuscivamo a capire da dove potevano venirti certe storie...

Odisseo non sa piú a cosa credere. Balza in piedi trattenendo un urlo di dolore e subito si risiede.

– Ma Telemaco, Telemaco dov'è?

– È a giocare con gli amici, non volevo che si preoccupasse per te.

– A giocare?

– Ha nove anni, è giusto che giochi.

Odisseo si prende la testa fra le mani:

– Non è andato dunque da Nestore a Pilo, per cercarmi?

– Ma ti pare che io possa mandare un bambino a Pilo?

– Ma saranno già tornati tutti: Agamennone, Menelao, Achille... no, Achille no, Achille è morto.

– Ma di chi stai parlando, adorato? Non conosco questo Achille, Agamennone e Menelao vivono felici e contenti nei loro regni.

– Elena?

– Chi?

– Elena, la moglie di Menelao.

– Che coppia meravigliosa, mai sentito di due che si amano in quel modo!

– Ma se...?

– Se cosa? – Penelope comincia a spazientirsi. – Vuoi essere chiaro, per Atena?

– C'è stata una guerra, Penelope!

– Quale guerra?

– Eravamo tutti là, sotto le mura di Ilio.

– Ilio? Mai sentita nominare. Ascoltami, Odisseo, la notte straparli di sirene e mangiatori di uomini, e da sveglio ti inventi cose che non sono mai successe. Vuoi farmi capire cosa ti agita?

Odisseo ora è distrutto. Si appoggia allo schienale del letto, maledetto lui che l'ha fatto cosí scomodo, con la bella idea di usare un albero intero. Riflette, poi riflette ancora e non capisce.

– E quanto saresti stato via? – gli chiede Penelope.

– Tra la guerra e il ritorno una ventina d'anni.

Penelope si alza e prende dalla mensola un piatto riflettente.

– Guardati, guardati qui dentro. Ti sembra di avere la faccia di un uomo di cinquant'anni?

Non ce l'ha. Il viso che ha davanti è quello di un uomo giovane, la barba completamente nera, non un filo di bianco fra i capelli. Fa un ultimo disperato tentativo:

– E i Proci?

– Intendi quei nobilastri scioperati che girano per l'isola? Finché ci sarai tu, qui non metteranno mai piede.

Odisseo allunga la mano per afferrare la tazza. Beve un sorso di vino nuovo, si pulisce la bocca. Alza lo sguardo per ammirare le decorazioni che lui stesso ha scolpito sul soffitto. Le decorazioni non ci sono.

– Vi prego, chiamatemi Calcante! – si gira nel letto e tace.

Calcante ha troppo da fare in giro per star lí a dar retta a chi vuole sapere come gli andrà in guerra, se la moglie gli mette le corna, se guadagnerà col commercio. Quando i messi lo raggiungono però se ne rallegra. Odisseo non gli ha mai arrecato disturbo e fra gli uomini lo ricorda pieno di senno e degno di ascolto. Soffre maledettamente il mal di mare e per tutto il tragitto vomita l'anima, per continuare a vomitarla sul carro che lo recapita, insieme a un gruppetto di porci, alla casa di Odisseo.

– Tu puzzi, – è la prima cosa che gli dice il Laerziade.

– Verrà il giorno in cui si potrà trasportare solo l'anima lasciando a casa il corpo.

– Calcante, tu mi devi risolvere un problema che mi squassa la mente, ne va della mia vita.

– Non sia mai che io privi Itaca di un signore al par tuo.

– Non so bene come esporterlo. Pare che io abbia vissuto prima una vita che dovrei vivere poi.

– In che senso? – fa l'indovino.

– Nel senso che io sono convinto, ma piú che convinto certissimo, che mi siano capitate cose che non possono assolutamente essere capitate.

– E cioè, chiarisci il tuo pensiero, raccontami cosa fortemente credi solo tu.

– Io da vent'anni a questa parte sono un altro o forse l'altro è me, oppure ho vissuto vent'anni in tre notti sole. So, dico so, che sono partito per combattere sotto Ilio e che mi sono dovuto portar dietro anche Achille, che s'era vestito da donna per scamparla. So che è stato un assedio lungo, massacrante, fatto di imboscate, duelli, di sangue sparso, arti mozzati, compagni con la bocca spalancata nell'ultimo respiro. Ricordo a uno a uno quegli scontri, nei minimi particolari, e poi l'irruzione, la resa, gli animali uccisi, le donne rapite, il loro pianto, tutto cosí chiaro e limpido che se allungo la mano posso toccarlo. E poi il ritorno, un viaggio interminabile fra trappole, insidie, allettamenti umani e divini che nemmeno ti immagini. Qui scatta il primo buio: i compagni di dieci anni di peripezie, che credevo morti e ritrovo vivi, non ricordano nulla, sostengono che quelle storie me le ha messe in testa il loto, un fiore che fa perdere conoscenza e stravolge la mente. Fin qui potevo anche accettarlo. Ero pur sempre io coi miei anni di guerra alle spalle. Potevo anche pensare che il mio viaggio fosse stato un sogno. L'impossibile, Calcante, si è palesato al mio ritorno qui, a Itaca. Da prove inoppugnabili mi sono reso conto di essere, come vedi, giovane, e che né Ilio né i Teucri né il νόστος avevano carattere di realtà: eppure ti giuro su Atena, e tu sai quanto mi è sacra, che io non ho sognato, che so distinguere l'impalpabilità dei sogni dalla consistenza del vero. È successo? Non è successo?

– È successo e non è successo.

– Tu parli oscuro, indovino!

– Vedi, Odisseo, questa guerra di cui dici c'è stata, ci sarà, oppure ancora c'è, ora, mentre noi parliamo.

– Sei ancora piú oscuro!

– Ti farò un esempio semplicissimo. Quante volte ti sei trovato di fronte a una porta?

– Moltissime, Calcante.

– Tu non l'hai aperta, hai tirato dritto e la tua vita è scivolata in una precisa direzione. Ma se l'avessi aperta e fossi passato, diciamo, in giardino o nella casa di qualcuno, tutta la tua vita restante, e dico tutta, non quel giorno solo, sarebbe stata un'altra.

– Ma io non ho aperto porte, Calcante, ho tirato dritto!

– No, Odisseo. A te non è successa né l'una né l'altra cosa. Hai semplicemente scostato la porta e guardato insieme di qua e di là. C'è stato un momento, non so quando né come, ma una ragione c'è sempre, in cui il tuo *dáimon* si è diviso, perché non è il corpo che vive, ma la coscienza. E bada, Odisseo, da quel momento in poi non c'è piú il tempo, perché il tempo vale per la materia, non per lo spirito. Il tuo *dáimon* vive due presenti paralleli e non deve sembrarti strano che quando una metà vede l'altra metà la collochi nel passato o, come succede a me, nel futuro, perché la mente che li suscita non può reggere due presenti insieme.

– Ma quindi io chi sono?

– Tu sei tu e tu, non è corretto dire tu e l'altro.

– Ma cosa devo fare?

– Niente. Le due storie non si mischiano, te l'ho detto, stanno ognuna per conto proprio. Di là continuerai a combattere e tornare, di qua ad amare la tua casa e tua moglie.

– Ma allora perché hai detto che questa guerra forse c'è già stata, o ci sarà, o addirittura è in atto ora?

– Perché quel che il tuo *dáimon* vede inesorabilmente attuale, il tuo corpo, la tua ragione, il tuo *logos*, in qualche momento fisico dovrà sperimentarlo.

– E allora?

– Può succedere che la porta si richiuda. O che rimanga aperta per sempre.

Odisseo chiede da bere, ne sente un gran bisogno.

Sta meglio. Può riabbracciare Telemaco e dopo tanti anni o solo giorni far l'amore con la sua donna.

Alle prime luci dell'alba si alza e guarda fuori. È bella la sua isola, cosí sassosa, cosí ventosa, senza approdi, senza nemici, cosí protetta da Afrodite, cosí piena d'amore.

«No, – pensa, – non posso aver paura: l'una va di qua, l'altra va di là, non c'è pericolo che s'incontrino». Mette mano nella tasca del chitone nuovo, lo indossa per la prima volta. Sente che dentro c'è qualcosa e lo tira fuori. È una tavoletta, sopra vi è disegnato un cavallo con una strana apertura sul fianco. Ci potrebbero star dentro molti guerrieri, pensa, ma se ne accorgerebbe anche un bambino.

Questa lezione fu rappresentata in Aula Magna per studenti e genitori, col titolo *Odissea nelle spezie*.

Un disastro. Sono dovuto restare ore in presidenza per assicurare che non voleva essere un incentivo a drogarsi.

I genitori se ne andarono indignati.

Solo una coppia, passandomi accanto, mi disse ammiccante: – Noi pratichiamo anche il libero amore.

L'amore che strappa i capelli

Si presentarono in delegazione, tutti cosí eccitati che per un po' non ci capii niente. Merisi in giacca e cravatta, la Carriera senza colomba, Robusti e la Kahlo abbrancati uno all'altra, la Morisot, sempre in nero per carità, che se la rideva.

Nessuno parlava, si guardavano, mi guardavano, e stavano zitti. Poi all'improvviso presero a parlare tutti assieme, che era come non farlo.

– Fermi, fermi, – implorai, – uno alla volta, cos'è successo di cosí comico? Il preside è caduto dalle scale? La prof Tiraboschi ha un amante? Hanno abolito la maturità?

– Proprio di questo volevamo parlare, – prese il comando la Kahlo. – Visto che dobbiamo presentare un autore del Novecento...

Già tremavo al pensiero di chi sarebbero andati a scegliere con la testa che avevano.

– Be', abbiamo concordato di portare alla maturità Fabrizio De André.

– De André? E come...

– È un nostro mito, merito un po' anche suo, e siamo qui riuniti in ordinata accozzaglia per chiederle se ci può preparare lei.

– Io? Ragazzi, ma cosa vi viene in mente?

– Non retrocederemo di un passo, – sentenziò Robusti.

– Dica piuttosto che non se la sente, – ghignò Merisi agitando la regimental come Oliver Hardy.

– Ragazzi, se ve lo siete dimenticati vi informo che io sono il vostro insegnante di latino e greco: l'italiano me lo sciroppavo al ginnasio. E il professor De Nittis è informato di questa bella pensata? Toccherebbe a lui.

– Lasci perdere De Nittis. Sa tutto. Dice che lui ascolta solo Mozart. È felicissimo di passarle questa patata bollente, anzi è persino disposto a cederle delle ore, se le servono.

Cosí ero con le spalle al muro. Ma se avessi avuto i baffi ci avrei riso sotto. Mi misi una mano sulla fronte per far finta di riflettere simulando una lacerante assunzione di responsabilità, o meglio d'irresponsabilità. Quando capii che in quella pantomima da guitto non c'era cascato nessuno, dissi: – Usciamo, sediamoci sulla scalinata.

Fuori, una bellissima giornata. Il mio liceo era un'isola tra gli alberi, lontana dalle macchine, dai tram, da ogni rumore.

Quando ci fummo sistemati, esordii: – Ci sono due grossi problemi, in realtà uno solo, con due facce. Verrà, posso giurarci, una commissione che di De André conoscerà a malapena *La canzone di Marinella*, che sa del suo rapimento e delle sue tendenze anarchiche: tre pericolosissimi indizi. Saranno certi che volete prenderli per il culo con le canzonette che non sono, Dio ce ne scampi, letteratura. Vi ascolteranno, sí, ma in una gamma di sentimenti che vanno dall'indifferenza alla degnazione, della serie «Questi fanno i furbi, ma siamo piú furbi noi».

– E allora? – se ne uscí Vecellio vagamente preoccupato.

– E allora dobbiamo stupirli, sbalordirli, affascinarli e infine schiantarli nel loro stesso campo –. Ci fu un urrà cumulativo.

– Figo, prof, adesso sí che la riconosciamo! Che ha pensato?

Io in verità non avevo pensato niente. Prendevo tempo per cercare qualcosa. In un minuto passai in rassegna tutte le canzoni, gli album, i periodi, e infine mi si accese una luce.

– Vedete, prepararci su De André in generale mi sembra una follia; troppo vago per quei testoni, senza contare che non sappiamo come la pensano. Fossero dei moderati? Troppo rischioso *Tutti morimmo a stento*. Cattolici? Meglio lasciar perdere *La buona novella*. Reazionari? Saltiamo a piè pari *Storia di un impiegato*. No. Quelli, i commissari, chiunque siano, una cosa vogliono, pretendono, esigono: letteratura ufficiale.

– E allora siamo fottuti, – commentò la Carriera con un gesto di stizza.

– Al contrario. Noi li intorteremo proprio sulla cultura. Qual è, ditemi, l'album piú letterario di De André?

Ci pensarono per un po'.

– *Spoon River*? – disse a un tratto Merisi.

– Colpito e affondato, – ripresi. – Partiremo da lontano. Andremo a pescare un periodo di cui si sa poco o niente, in apparenza marginale, ma molto molto importante. Rifaremo tutta la cronologia della letteratura sepolcrale fino a Edgar Lee Masters. Questa tecnica nel calcio si chiama contropiede: loro ti aspettano di là e tu li trascini di qua. Vedete, mettere un prof davanti a cose che non conosce, che so io il basket, la gastronomia, i film di Totò, è del tutto irrilevante, manco lo tocca, ma sciorinargli cose che dovrebbe conoscere e non conosce è strategia perfetta. Sempre di letteratura si tratta, ma per lui è l'altra parte della luna. Farà finta di seguirvi, si inventerà domande insulse per mostrare competenza, vi lascerà liberi di spaziare, perché lí per lui aria non ce n'è ma non può farvi minimamente sospettare di essersi perso nella nebbia. E che? La dignità! Il ruolo! È un testacoda classico: sarete voi a interrogare, loro diventeranno gli esaminandi.

– Strafigo, – fischiò Robusti, – ma De André?

– Glielo servirete per gradi partendo dal preromanticismo, passando per Masters e ubriacandoli di riferimenti e confronti che sono la loro pappa preferita. La prima botta gliela daremo col titolo.

– Noi avevamo pensato a *De André, un poeta contro il potere*.

– Tonfo! Mai presentare un cantautore come poeta. Vi becchereste solo risolini, sbuffi, segni d'insofferenza. No, troppi rischi. Noi portiamo a dei gioiellieri una pietra sublime ma sconosciuta e la chiamiamo diamante? È la fine. Dovrete infiltrarvi nei loro canoni col gioco delle tre carte. Chiamerete la tesi *Fonti e ispirazioni letterarie nell'opera di Fabrizio De André*.

– Quando si comincia? – in coro.

Una parola. In teoria era facile: tira qua, aggiusta là, definisci l'epoca, armati di citazioni. Poi, a guardarlo dentro bene bene, ti accorgi che l'ultimo Settecento è un groviglio di correnti che si disprezzano, si riconciliano, si divaricano e figliano per i fatti loro; che non c'è un solo classicismo, ma due, quello di chi si è fermato lí impalato a voltarsi e rimpiangere e l'altro che baratta l'estetica con l'etica. Che non esiste una sola borghesia ma almeno due: quella ortodossa razionalista e la dissenziente, e che tutti, tedeschi e inglesi in testa, si mettono a pestar duro sulla *grandeur* francese, per non parlare poi dei nuovi orizzonti economici, della battaglia soda tra la cultura artigiana e mercantile (tedesca) e retroagricola (francese). E cosí ti trovi di fronte a letterati un giorno classicisti un altro romantici, o le due cose assieme come Goethe, per non dire tre, ché Foscolo oltre che romantico e classicista è pure illuminista.

Ma com'è come non è, la cesura, il grande taglio, sta nel fallimento ideologico illuminista, nella reazione preromantica. La spinta illuminista era centrifuga: conquista della natura e delle folle, indigestione d'ideologia e politica. Non se ne poteva piú, e venne l'ora di guardarsi dentro, in quel grande mistero che è il mondo riflesso nell'animo di ciascuno, un mondo d'ansia, sentimento, intuizione, magia, paura.

Queste cose i ragazzi le sapevano, non c'era bisogno di menargliela piú di tanto. Conoscevano Herder per sentito dire, ma piú a fondo i poeti del boschetto di Gottinga, e quindi Klopstock e la nuova ondata di naturalismo tedesco con a traino suggestioni idilliache e arcane. E poi c'era lo *Sturm und Drang,* tempeste e passioni mie, del mio cuore, altro che cittadino Danton, cittadino Robespierre. Forse non sapevano che il romanticismo ruppe tutte le regole, tagliò col passato, rimise l'io al centro dell'arte, e che da Goethe e Schiller in poi sarebbe entrato di riffa o di raffa in ogni corrente, in ogni movimento a seguire; ce lo saremmo trascinato fino ai giorni nostri, riletto, trasmutato, deformato, a volte invisibile in tutti i volti dell'espressionismo.

Fin qui tutto bene e ci divertimmo pure, ma eravamo solo all'antefatto. Noi cercavamo le radici di *Non al denaro non all'amore né al cielo*, e quelle stavano nella poesia sepolcrale inglese.

Fu una menata senza fine. Già non ho mai capito cosa abbiano di cosí speciale tutti 'sti paesaggisti inglesi del Settecento che li conoscono e se li spupazzano solo loro, con quella fissa della natura che poi sempre boschetti e fontanelle sono. Penso a Gainsborough, a Lawrence e compagnia bella. Fanno un po' eccezione, ma mica poi tanto, Constable e Hogarth. Fattori e Segantini sono dei giganti.

Il primo ad avere una bella pensata sui cimiteri fu Thomas Parnell, che s'inventò la simpaticissima *Composizione notturna sulla morte*.

Figurarsi poi sorbirsi la lettura di Macpherson e del suo veramente falso Ossian, bardo gaelico portasfiga per eccellenza, o l'elegia di Young, che già dal titolo è tutto un programma: *Il lamento, ovvero pensieri notturni sulla vita, la morte e l'immortalità*, o ancora l'*Elegia sopra un cimitero di campagna* del Gray, centonovantacinque versi di lutti e lai:

> ... I lor nomi, i lor anni, informe scritto
> d'inerudita musa, all'ombre oscure
> servon di fama e d'eleghi dolenti.

Ma bisognava farlo, e in tutta evidenza in Gray ci sono già molte delle caratteristiche che influiranno per esempio su Foscolo.

Ma Foscolo vola piú in alto. Foscolo fa un solo fascio di tutti i loro ghirigori gotici e dell'*horror vacui* e ribalta la morte in memoria, in celebrazione della forza e della bellezza umana. Gli inglesi se lo sognano.

Comunque, tra sbadigli vari e frequenti «Devo uscire

a pisciare», qualcosa d'importante saltò fuori, e quando affrontammo il confronto tra Edgar Lee Masters e De André l'attenzione finalmente si accese e di molto.

Edgar Lee Masters è lontano mille miglia dal preromanticismo.

Tutta la cultura americana del primo Novecento è pragmatica, positivista. Siamo in un periodo in cui giornalisti e scrittori nuotano nel sociale, indagano le miserie, si battono per i reietti e gli innocenti ingiustamente condannati.

A Edgar Lee Masters, l'idea di raccogliere le scritte dalle lapidi gliela diede la madre durante una passeggiata. Gente normale, anonima, ognuno con una sua storia personale raccolta in poche righe, ma tutti accomunati dalla fatica di vivere e da quella di morire. Piú che esistenze, sopravvivenze. Niente di trucido, nessun mistero, nessuna magia, solo realismo, realismo puro.

De André gira il mazzo. Prende lo spunto da otto, solo da otto tombe di Masters, e gioca un'altra partita: la sua. Sí, sono sempre loro i protagonisti, l'ottico, il giudice, il malato di cuore e soprattutto il suonatore Jones senza violino ma col flauto.

De André non si limita a copiare le scritte: i morti diventano maschere, caratteri, semiologia del vivente. Potere, invidia, cattivo uso della scienza, questi i temi. Il potere come lo intende lui: non una persona o l'altra, ma una presenza trascendente, un organismo, un essere spaziante. L'invidia che è l'alterità dal simile, la costruzione di valori sull'egoismo, la mancata riconoscenza, il livore di chi distrugge boccheggiando. E la scienza, infine, non la scienza in sé, ma quella usata male. Non gli scienziati, ma gli apprendisti stregoni, coloro che non sono preparati e giocano ugualmente con la scienza. E quanto vedeva lontano, se solo pensiamo a internet.

Non sto qui a raccontare l'intera preparazione. Leggemmo e paragonammo Edgar Lee Masters e Fabrizio. Ci soffermammo a lungo su *Il suonatore Jones* e su *Un malato di cuore*.

Nel *Malato di cuore* De André riprende un tema scarno, poche righe di Masters, e ne fa un'elegia di sguardi e silenzi: concede al Francis Turner dell'americano uno spazio piú ampio di confessione e ammissione. Masters concludeva:

> ... mentre la baciavo con l'anima sulle labbra,
> l'anima all'improvviso mi fuggí.

Anche per De André Turner, malato, ha invidiato eccome la salute degli altri, ma De André vuole che sia l'unico degli invidiosi a salvarsi, e rende il suo cuore, cosa che non fa Masters, protagonista: il cuore che davanti a «quelle sue cosce color madreperla» non regge ma se ne frega; il bacio, quel bacio al di là di ogni destino.

Il suonatore Jones è autobiografico. Jones è il contraltare del potere, quel potere che non ha solo il volto della violenza e della sopraffazione, ma soprattutto dell'avidità, dell'aridità, dell'assenza totale di fantasia:

> e poi se la gente sa,
> e la gente lo sa che sai suonare,
> suonare ti tocca
> per tutta la vita.

Che vuol dire contrapporre la gonna svolazzante di una Jenny nel suo scomposto ballo a un campo recintato dove nessuno può entrare. E vuol dire anche andarsene «con un flauto spezzato». Non rotto, non sfiatato, non arrugginito, non calpestato, non perduto o dimenticato. Spezzato, come il cuore del malato.

Io scelgo quando è la fine.

Due giorni dopo facemmo il punto.

– Che ve ne pare?

– Affascinante, prof, ma se mi permette un po' riduttivo, – rispose la Carriera.

– Riduttivo?

– No, non in quel senso. Di roba ce n'è fin troppa. Ma l'argomento è unico. I commissari potrebbero stufarsi. E poi un'altra cosa: lei è proprio cosí sicuro che nessuno di loro conosca De André?

– Lo spero perché se vi beccate un invasato, la mosca bianca, la trappola non scatta.

– E allora? – fece Zorzi preoccupato.

– E allora fatemici pensare –. Ma ci avevo già pensato.

Trovai Bataille alla solita ora al solito bar Kunin. Bataille, il piú stravagante e competente maestro di letteratura francese, e per di piú un patito di De André. Stava sorseggiando il suo Martini, impeccabile nell'Armani grigio fumo. Mi sedetti accanto a lui e la presi da lontano: – Ha mai considerato che noi i grandi uomini ce li figuriamo sempre che teorizzano, perorano, mostrano il petto al nemico o si spaccano il cervello per capire chi siamo e dove stiamo andando? Sí, va bene, ma Enrico Toti non è che lanciasse stampelle ogni giorno e Muzio Scevola la mano se l'arrostí una sola volta. La camicia che portavano addosso i Mille da Quarto a Palermo, per dire, se la saranno mai lavata? Seneca in Corsica, consola qua, consola là, un bagno, uno solo, l'avrà pur fatto, no?

– La pianti con le corbellerie e mi dica perché è venuto a cercarmi, – tagliò corto.

– Ho una proposta da farle, – ripresi serio.

E in quattro parole gli spiegai la sceneggiata che avevamo messo su. Per la verità non sembrò poi cosí interessato: continuava a fissare, e ora so chi, alle mie spalle.

– Odio la letteratura inglese, è un bigino di cultura, – fu la sua risposta.

– Ma no, – lo fermai, – si scordi Shakespeare e compagni di merenda, io le vorrei chiedere tutt'altro. Lei sa bene che una delle fonti letterarie piú importanti e meno citate di De André è la lirica provenzale. Mi piacerebbe molto che lei se ne stesse tutta una mattinata con i miei studenti a spiattellargli questo argomento. Per loro sarebbe un gran bel fiore all'occhiello. Le chiedo, Bataille, di venire un giorno in classe...

– Non se ne parla nemmeno, io in una scuola, in qualsiasi scuola o università, non ci entrerò mai piú.

– E perché, se non sono indiscreto?

Non me lo disse né allora né mai, nemmeno negli ultimi giorni, nemmeno quando scoprii il suo segreto.

– Be', una soluzione c'è, – ripresi, – io e i ragazzi ogni lunedí usciamo e ce ne andiamo in giro a fare happening culturale.

– Le giornate di follia?

– Lo sa anche lei? Chi glielo ha detto?

– Non ha importanza. Il fatto è che proprio ogni lunedí vado a far visita a mia madre.

Pensai di non aver capito bene, sua madre doveva essere ultracentenaria. Se ne accorse e rise:

– No, no, intendo dire che passo a trovarla al Cimitero monumentale, lei è lí.

Questo tagliava la testa al toro.

– Beh, non posso certo venire con i ragazzi in un cimitero, sarebbe offensivo e fuori luogo.

– Ma che dice? Tempo immobile, silenzio, pace, non mi viene in mente posto piú adatto per una lezione. E poi mia madre è sepolta in un angolo appartato e non potremmo infastidire nessuno. Facciamo non per questo ma per il prossimo lunedí.

Pensai che era un segno del destino: coi cimiteri avevamo incominciato, in un cimitero dovevamo andare a concludere.

Lui era già là, seduto all'indiana davanti a una piccola piccola lapide discosta da tutte le altre. Mi ci volle comunque un po' per riconoscerlo. Niente Armani, niente orologi milionari. Pantaloni di fustagno sgualciti, camicia e spolverino beige. Sembrava il tenente Colombo.

– Siete già qui? – esordí voltandosi. – È il momento giusto, ho appena finito di leggerle la *Consolatio ad Helviam matrem*. No, non per lei, per me. È un gioco che mi acquieta. Sono io che leggo e sono sempre io che fingo di essere lei che ascolta... Ma sedetevi, mettetevi comodi, facciamo un cerchio.

I ragazzi ubbidirono e Bataille spostò il registratore che si era portato dietro al centro del cerchio. Si levò lo spolverino e rimase in maniche di camicia. Tirò fuori dalla tasca una fiaschetta e riempí di Martini un bicchierino di plastica. Diede un rapido sguardo per assicurarsi di avere la loro attenzione e azionò il registratore. Lunghissima introduzione musicale, poi la voce:

> Canso do'ill mot son plan e prim
> fas pus era botono'ill vim...

Durò quasi quattro minuti. A due avevano già oltrepassato di parecchio il limite di sopportazione.

– Avete ascoltato Arnaut Daniel, – esordí, – e la piantiamo lí perché non sono i trovatori il nostro argomento. Quel che avete sentito è un classico esempio di *fin'amor*, amor cortese: sguardo furtivo, sguardo deciso, casta carezza e ogni tanto qualcosa di piú. Non sono i trovatori il nostro argomento, ma quel che è andato a pescare De André fra le loro cose. Non certo le dame: queste nobilsignore sono piú simboli che carne, evanescenti e fragili. De André, a suo dire, parla di tre generi femminili: le puttane, come Bocca di Rosa o Jamin-a, le ingenue come Teresa o la bimba di *La leggenda di Natale*, le sante, e cioè Giovanna d'Arco ma soprattutto Maria, la suprema madre sintetica. E allora che ci stiamo a fare qui? Io mi bevo il mio Martini, voi le vostre Coche e ce ne torniamo a casa.

Sconcerto. Grande sorriso di Bataille.

– Non è cosí. Vedete, ci sono piú trovatori in De André che nei trovatori stessi. Ma provate un po' a dirmi: chi sono questi trovatori?

– Poeti girovaghi, – azzardò la Gentileschi, – componevano e cantavano nelle corti.

– Sí, questo lo sanno tutti, ma loro, loro come persone, chi erano?

Silenzio.

– Ve lo dico io: erano degli intellettuali anarcoidi e idealisti, erano cadetti senza titoli, erano amanti degli arcani e pignoli fino all'inverosimile. Tutte caratteristiche di Fabrizio De André. E vi aggiungo, tanto per esser chiari, che la fin'amor, sí, la fin'amor, perché è un termine femminile, non era il loro unico argomento; il piú specifico sí, ma non l'unico.

– Ma perché proprio in quei due secoli e lí? – sparò Merisi.

– Una cosa per volta. C'è una trasmigrazione: il concetto alto e spiritale di donna intangibile è dei poeti arabi. Da loro sale, attraversa la Spagna e si espande in Provenza. Le ragioni? Molte: le ricche dimore, il mecenatismo, la sicurezza personale. C'è la rivolta degli albigesi, ci sono le crociate.

– Ma, – lo interruppe la Kahlo, – perché proprio allora questa celebrazione femminile?

– Dobbiamo rifarci al periodo. Siamo in pieno feudalesimo e il feudalesimo è un congegno verticale di potere: l'uomo, il signore, ne è l'apice, comanda su tutto ciò che è materiale, secolare. La *domna*, la dama, che canta, fila e sa di poesia, è in cima a un ben altro sistema, quello spirituale, quello culturale. Visualizzate mentalmente la figura di un rombo: il triangolo superiore è realtà-guerra-potere, e lí in cima ci sta il signore, re, con guerrieri, vassalli e valvassori sotto di lui; in quello inferiore spirito-poesia-bellezza, e al vertice la signora con le anime nobili al suo seguito. I trovatori subiscono questo incanto femminile e ne diventano servitori, cosí come guerrieri e vassalli subiscono quello del signore padrone. Non dimenticate poi che in quei secoli domina l'immagine di Maria che è l'esempio piú alto a cui rifarsi.

– Ma erano poi cosí platonici questi trovatori? – chiese maliziosamente Merisi.

– Sinceramente non pare, almeno a me. Il godimento interiore era per loro una specie di masochismo positivo. Piú è lunga l'attesa, piú avvince il gioco. Il culmine sta nel *joy*, il possesso amoroso, l'esaltazione del desiderio dell'amante, i sentimenti risvegliati dall'amata e, nei tardi trovatori, una gioia spirituale quasi mistica. Il *joy* dà al poeta la certezza di essere partecipe e servo dell'essenza emozionale della donna.

– E poi? – chiese ansiosamente Bencivieni.

– Insomma vuoi sapere se fornicavano o no? Sí, per inciso poteva capitare. Ma quel che voglio farvi capire, e non è facile, è che l'amplesso in sé non era la meta, ma un mezzo per arrivare al *joy*, al possesso, o se preferite all'intesa spirituale. Ma l'abbiamo tirata un po' troppo per le lunghe. Vedete, De André non ha niente a che fare con queste schermaglie. Questo genere di amore, questo incanto estatico ce lo racconta soltanto nel *Sogno di Maria*, e non è un *drutz*, un amante qualsiasi a scuoterla.

Eppure quando uno dei piú grandi trovatori, Bertran de Born, evade dallo schema e ci presenta un ritratto naïf, sensuale, vibrante, di donna, Fabrizio coglie al volo il messaggio. Rassa, cosí si chiama la ragazza, è libera, indipendente, padrona del suo sesso e della sua vita, e al contempo è dolce creatura sognante innamorata dell'amore. E noi Rassa la rivediamo in *Bocca di Rosa*, in *Via del Campo*, in *Franziska* e in altre ancora. Il sesso come leggerezza, rifugio, come felicità. Ascoltate –. E fece partire il registratore. Una canzone bellissima, mai un momento di pausa, un rincorrersi ininterrotto di versi come anelli di una catena a formare immagine dopo immagine un ritratto di donna persa nella gioia di vivere. Era proprio «la» donna di Fabrizio.

Bataille attese il finale, spense il registratore, si versò da bere, posò sulla lapide il libro di Seneca che aveva continuato ad agitare per tutto il tempo della lezione.

– De André – riprese fissando il suolo – deve molte cose al mondo provenzale: l'eleganza in primis. Anche nelle piú sboccate canzoni non trascende, ha la raffinatezza erotica del dire e non dire che gli viene direttamente da lí. La melodia, poi. Tutti i suoi primi motivi sono trobadorici, lenti, espressivi, quieti o nervosi, ma mai sopra le righe, nessuna tirata, niente acuti, un'accurata narrazione progressiva di sentimenti. L'uso delle figure retoriche: le sue metafore, i suoi simboli discendono da Raimbaut d'Aurenga e dal suo *trobar clus*, poetare oscuro, che è poi antesignano di tutti gli ermetismi a venire. Ma quando vuole essere chiaro, quando vuole che subito s'intenda, Fabrizio fa ricorso al *trobar plan*, cioè semplice, immediato, di altri trovatori. *Rimini* è *trobar clus*, *La canzone di Marinella* è *plan*.

Ma il bello viene ora. Vedete, non tutta la lirica provenzale è lirica d'amore, di quel tipo di amore. Un altro genere di spicco è il *planh*, cioè il lamento funebre per la morte di un signore. Ne erano specialisti Giraut de Bornelh e Guillem Augier Novella, ma pure il nostro Sordello da Goito in occasione della morte di Ser Blacatz. De André lo sublima in *Preghiera in gennaio*, ma soprattutto in *Fila la lana*, dove l'ambiente stesso è medievale. Ed è un *planh* a suo modo *La Ballata del Michè*.

Ci sarebbero poi le *pastorelas*. A quei tempi, e quando no, i signori insidiavano le popolane da mattina a sera, bocconi facili e zero responsabilità. Le piú ambite erano le *pastorelas*, cosí isolate nei campi, cosí vulnerabili. Le *pastorelas* sono appunto ballate semicomiche a celebrar siffatti vezzi. Ne erano maestri Marcabru e Giraut de Bornelh. «Re Carlo...» eccetera eccetera, con lo zampino di Paolo Villaggio, è una classica *pastorelas*, dove però alla fine è la ragazza a infinocchiare il sovrano.

Ma il genere che piú accomuna Provenza e De André è il *sirventes*. Il *sirventes* (canto del servo) è un grido di rifiuto civile, di ribellione sociale, e ci van di mezzo tutti, cardinali, duchi, re e regine, esattori, insomma ogni uomo di potere. Non c'è scampo sotto i versi di Peire Cardenal e Bertran de Born: la superbia, l'intrigo, la prevaricazione, vengono falcidiati dalla loro impietosa ironia. E qui De André pesca a bizzeffe. Non c'è quasi bisogno di dire quante e quali volte abbia combattuto il potere (è la specialità della casa), ora ammiccando solo di passaggio, ora in intere canzoni: la *Ballata degli impiccati*, *Il pescatore*, *Un giudice*, *Un blasfemo*, e poi tutto l'album *Storia di un impiegato*, tanto per fare qualche esempio –. Si fermò e li fissò uno per uno.

– E *La canzone di Marinella*, vi chiederete, da dove salta fuori *La canzone di Marinella*? Lui afferma che è una storia apparsa in cronaca nera, la morte per amore forse di una puttana. Ma fa il furbo. Marinella è un'*alba*. Le *albe* sono liriche provenzali che cantano l'amore di una notte sola, di un incontro che all'alba, appunto, finisce, a volte perché è casuale, a volte perché i due amanti segreti si devono lasciare, altre volte ancora perché lei fugge come Cenerentola e non c'è scarpetta che tenga. De André coglie il contesto e lo rigira in capolavoro a duplice lettura. La prima, per restare in argomento, è *plan*, chiara: una favola dal triste finale. La seconda è *clus*, ben piú profonda, quasi leopardiana: «e come tutte le piú belle cose | vivesti solo un giorno come le rose».

Che nell'amore sia contemplata, connaturata la fine, De André lo dice sempre, lo dice in *Amore che vieni, amore che vai*, lo dice nella *Canzone dell'amore perduto*, in *Verranno a chiederti del nostro amore*, lo adombra in *Hotel Supramonte*, ma che oltre all'amore, tutto, proprio tutto, sia fatto di frammenti dispersi o incongrui da cogliere senza nulla domandare alla speranza, lo dichiara subito a forti lettere nel recitativo corale di *Tutti morimmo a stento*, dove appare un altro pesantissimo topos culturale che non potete non considerare: Villon, il perverso, il bandito, l'appestato, l'inascoltato, e a somma di tutto per De André l'incolpevole cui è negata la possibilità di salvarsi tra gli uomini, mentre «non c'è l'inferno nel mondo del buon Dio».

Si girò, si versò il Martini, fece un inchino, tirò su il registratore e se ne andò.

In quel preciso istante mi tornò in mente quella volta, l'unica volta, che ero andato a trovare Fabrizio quando abitava ancora a casa di Dori, a Milano, sulla circonvallazione.

La casa di Fabrizio era il suo letto: di giorno ci dormiva, di notte ci viveva. E cosí lo trovai, circondato da fogli, foglietti, libri aperti a caso, penne, foto, ritagli, riviste di ogni genere, stravaccato e stralunato.

– Cosa fai? – gli chiesi.

– Eh, la gente questo non lo sa, – rispose.

– Non sa cosa?

– Tutto questo, – e indicò il guazzabuglio di oggetti sparsi sul letto.

No, la gente non poteva capire, non poteva nemmeno lontanamente immaginare che razza di poeta fosse uno come lui. Scartabellava, sottolineava, stropicciava e strappava, incollava, segnava a margine, cancellava e ci ripensava, sorseggiava e malediceva: un sorso e un belin, un belin e un sorso. Altro che buttar giú a casaccio, tanto chi se ne accorge. Me ne accorgo io. Ci sto male. Io. Battaglia, sfida e disfida con se stesso sull'aggettivo, sul verso, sulla nota. Non si trovano immagini come «mercante di luce» o «l'amore che strappa i capelli» se non ti sfianchi i nervi, non ti sfibri, non anneghi in un universo di segni che figliano parole, parole da leggere, rileggere, far proprie, perché tue sono, tu le hai resuscitate, non puoi trovarle se non sei poeta di tutti i poeti. Cultura non è sapere, è cercare, cercare all'infinito e affanculo i media. *La canzone dell'amore perduto* è un'immersione totale nella fatalità della nostalgia. Capita, avviene, è cosí. Oh, certo, la passione travolgente, la promessa eterna, la dura spina di volerle dire ancora e ancora quelle cose ma non poterlo piú; il mito diventa rito e poi imitazione, e allora provi con tutte le forze a ripercorrere il corso all'indietro, ma dall'imitazione non si risale piú, l'imitazione sfuma in svogliate carezze e quelle sí, tenerezze. Ma dove sei andato a prendere una frase come «l'amore che strappa i capelli», forza e dolore nel penetrarsi, angoscia e rabbia per non potersi vedere ogni attimo che si respira, una strepitosa capriola tra soggetto e oggetto: io sono l'amore, io mi strappo i capelli e poi il nulla.

Sí, ci sarà qualcun altro, qualcuno verrà. Ma non è vero, Montale: si sa, si sa sempre, eccome se si sa, chi va e chi resta.

All'uscita chiesi in giro com'era andata.

– Bene, ci servirà. Metteremo su un bel trappolone per i commissari, – fece la Gentileschi.

– A parte la menata delle canzoni... – chiosò Mazzola.

– Sa quel che dice e lo fa capire benissimo, non come lei che s'inventa le cose, – ovviamente Merisi.

Ormai il Monumentale era quasi deserto. I parenti arrivano la mattina presto per non perdere ore di lavoro. A guardarlo in prospettiva dava l'impressione di una città, una città immobile senza suoni. Aveva un suo fascino, in quell'immensità di lapidi nessuna uguale all'altra, in quell'immensità di pensieri volati, di parole sprecate, di svaporata e inutile alternanza tra gioie e dolori. Tutto uguale.

Aveva ragione Bataille, non si va in un posto cosí per parlare ai propri defunti. Si interpreta la parte di chi non c'è, ci si sdoppia in figlio e madre, figlio e padre, moglie e marito.

– Ma lei De André lo conosce? – mi chiese Robusti già fuori sul piazzale.

– Una sera è venuto a cena a casa mia. Mia moglie è amica di Dori. Siamo stati lí a dirci un po' di puttanate finché non ci siamo accorti che non c'era niente da bere. Buona scusa per uscire e andare a comprarlo. In stazione ci siamo seduti davanti al transatlantico, che poi era un modellino della nave Michelangelo, passandoci la bottiglia a turno. A un certo punto mi dice: «Facciamo una scommessa, vediamo se la gente riconosce piú me o te». Bella stronzata, lui era il grande De André e lo avevano appena rapito. Per piú di mezz'ora non ci filò nessuno, ma proprio nessuno; ci passavano in fretta davanti senza nemmeno voltarsi. Poi lui cominciò a barare: fissava le persone negli occhi e gesticolava per farsi notare. Ancora niente. Allora, all'apice della scorrettezza, si alzò in perfetto equilibrio proprio mentre stava passando un gruppo di ragazzi e canticchiò: «Questa di Marinella è la storia vera...» Nessuno ci fece caso, nessuno lo degnò di uno sguardo, solo imboccarono la scala mobile rispondendo in coro: «che scivolò nel fiume a primavera». Fabrizio s'illuminò: «Visto? La sanno a memoria», poi calmo calmo, sedendosi: «Ho vinto io», esclamò.

Volo e atterraggio.

L'angelo di Lorca
(tema di Jacopo Robusti, 3ª C)

I

– Almazon?
– Sí, Signore?
– Ce n'è un altro.
– Bene. Era un bel po' che me ne stavo a far niente.
– Questo, Almazon, li batte tutti. Dovrai superarti. Tu sai perché voglio che ci sia uno di voi dietro ogni uomo?
– Certo, per proteggerlo.
– Falso, Almazon, proprio tu me lo vieni a dire. Si proteggono i bimbi, si proteggono i vecchi, non quelli come lui.
– E allora?
– Vedi, Almazon, ci sono destini e destini, il «Libro», che mai mi son sognato d'ispirare, vagheggia che io vi mandi giú per drizzare le gambe ai cani e accendere candele nelle notti degli incoscienti. Vero. Ma questi sono i destini sullo sfondo, le maree dietro il palcoscenico, la quieta, serena imitazione del ciclo di una spiga o di una vita. L'umanità è un immenso ritorno all'uguale e per questi miliardi di umani bastano gli altri angeli!
– Signore, voi mi lusingate.
– Non illuderti troppo, Almazon, il destino che ti affido è diverso. Non va cambiato in nulla, né minimamente corretto, né, voglia Dio, cioè io, bloccato, arrestato o, peggio ancora, stravolto.

– Ho capito, ci risiamo, un altro come Caravaggio, Cervantes, Van Gogh…

– Di piú.

– Un poeta? Un musicista?

– Anche. Un uomo vero, di quelli che si ficcano nell'amore e nel dolore per non venirne fuori.

– E dove? Quando?

– Mi stai diventando kantiano, Almazon? Noi non abbiamo tempo e spazio.

– Ma loro sí.

– Ebbene sí. A Granada, inizio Novecento.

– Bel periodo, Signore: Salvador Dalí, il giovane Buñuel, Rafael Alberti…

– Sí, altri destini da non sottovalutare, ma lui è particolare. È bello come il fiume di parole che scaturisce da lui senza riposo, un martellare sinfonico contro il male, il male vero, mica i peccati di cui blaterano gli altri. Bello è il suo viso magro di bronzo da cavaliere inconsolabile, frenetico il suo viaggio, America, Cuba e ancora Spagna, in equilibrio sul filo teso tra verità e bellezza, ma ahimè, debole dentro, indifeso nei giorni degli amori spezzati per i suoi artisti, i suoi studenti…

– Un omosessuale?

– Parli tu, Almazon, che il sesso manco ce l'hai?

– Scusi, Signore.

– Ascolta: «Canto la Spagna e la sento fino al midollo, ma prima viene che sono un uomo del mondo e fratello di tutti».

– Dovrò far sí che viva a lungo, Signore!

– No. Dovrai lasciarlo piangere e urlare tutto quello che ha dentro, dovrai lasciarlo sbagliare, incazzarsi, maledire il cielo e la terra per la commedia fischiata, la patria tradita, l'amico torero morto nell'arena. Tu non sai, non puoi nemmeno immaginare, Almazon, quanto sarà vicino alla luce questo gitano di Granada, e per luce mica intendo il mistero dell'universo o il piano di Dio, che sarei io, quella è roba facile, per principianti. Per luce intendo abbracciare il nonsenso e tradurlo in meraviglia di vivere, offrirlo agli altri in eredità per sempre: se tu gli cambierai un solo gesto, una sola parola, perché sconveniente, offensiva, trasgressiva, diverrà tutto inutile.

– Ma almeno se starà male potrò...?

– Starà male eccome, Almazon! Gli cederanno i nervi, il cuore, le speranze. Tornerà a Granada proprio quando la libertà sarà sul punto di morire.

– E...?

– Lo uccideranno, lo fucileranno.

– Ma io potrei, Signore, impedirlo. Potrei farlo, come si dice, espatriare?

– No, Almazon, quello è l'arco perfetto del suo sogno, lí avrà già detto e compiuto il suo destino: un passo in piú vanificherebbe tutto.

– Ma perché, Signore, perché?

– Perché i poeti, i grandi poeti, sono a immagine e somiglianza di mio figlio e muoiono per vivere.

Fulsēre quondam

Entrò, sbatté come sempre i fiori per la moglie sulla cattedra e cominciò a parlare come se nella stanza ci fosse solo lui:

– Poi in fondo tutto si riduce a questo, non fa salti la natura o Dio o l'ipnotizzatore che non ci ha ancora svegliati. Esempi? Ne ho a iosa di esempi, ma permettetemi di andare per gradi.

Pausa. Raddrizza i fiori, si toglie il golf.

– Se la nostra struttura chimica, come corpo fisico, è individuata da una spirale doppia di acido desossiribonucleico, è evidente che quella spirituale sia formata a specchio da una seconda spirale, senza l'acido, mi pare ovvio. Ma questa seconda a ben guardare non ha l'aspetto di due stelle filanti che girano una attorno all'altra senza incontrarsi mai. No. La vedrei piú simile a un braccialetto o se preferite a una catena di anelli che a ogni giro s'incontrano. Chiamiamole, queste due volute, Pathos 1 e Pathos 2. Quel che scorre nell'una e nell'altra può tirar dritto per la propria strada oppure, a un incrocio, invadere l'altra corsia. Qui giustamente vi starete chiedendo (ma non se lo chiedeva nessuno) che diavolo sono questi Pathos 1 e Pathos 2. Me lo chiedo anch'io. Posso azzardare che siano le due maniere di percepire il ritmo della vita. Pathos 1 in verità corre anche troppo, si sbatte e batte, perché come un cuore sussulta dopo il silenzio, anzi possiamo proprio dire che continua a rialzarsi dal silenzio. Pathos 2 è l'esatto contrario: lui parte alto, acuto, e ridiscende. Se fossero due macchine diremmo che una è a trazione anteriore, l'altra posteriore. Così, guardate.

E disegnò un coso incomprensibile sulla lavagna.

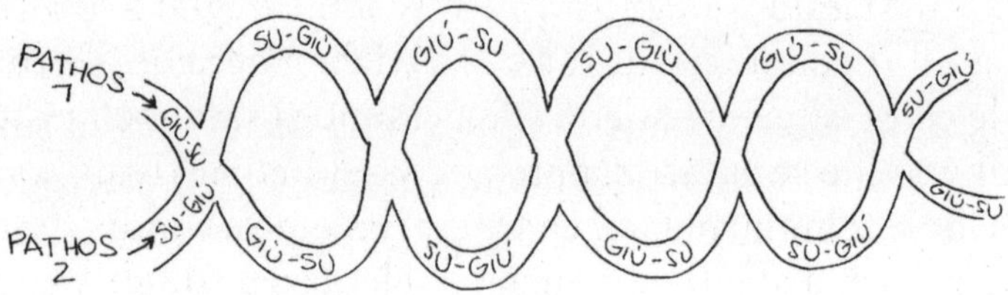

– O, visto di profilo, piú o meno cosí:

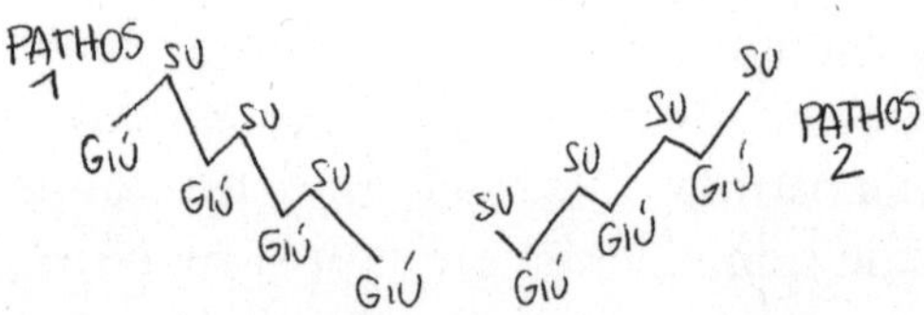

– Ecco fatto. Sapete dirmi cosa diavolo c'è che si mette a correre e rallentare dentro queste due strade? Dove vogliamo andare a parare?

Noi stavamo ancora armeggiando con zaini e zainetti, tutti rincoglioniti dall'affronto del lunedí, e manco ci passava per la capa di seguirlo in quel delirio antelucano probabilmente figlio di una memorabile sbronza.

Non avevamo banchi personali: ci sedevamo dove capitava, alla «chi arriva primo», qualcuno manco si sedeva e si appoggiava al banco di un altro. Era stato cosí dal primo giorno, una tradizione di ordine disordinato che non abbandonammo piú.

– Ha bisogno di un caffè, prof, magari doppio? – ruppe il ghiaccio la De Lempicka.

– O forse di un letto? – fece coro Merisi. – È venuto per disegnarci molle retrattili? O è la grata di una moschea?

– Vi ho fatto una domanda, – rispose imperturbabile.

– Che domanda?

– Avete capito di cosa stavo parlando?

– Ah, stava parlando di qualcosa?

– Questa – e additava l'orrendo disegno – è la base, il fondamento di tutte le fatiche poetiche, di tutte le espressioni artistiche che nessuno si sarebbe messo a inventare se avesse saputo che sarebbero arrivate a voi. Come comunichiamo, come esprimiamo e condividiamo a parole, a suoni, le tempeste, gli orizzonti, gli arcobaleni che ci agitano, ci scuotono dentro?

– Lei dev'essere cosí gentile, prof, da ripeterci tutto da capo, perché non si è capito, mi perdoni, un cazzo.

– No, no, – saltò su la Kahlo, – io ho intuito qualcosa nella nebbia. Ci sarebbero dentro di noi come due spirali che non si vedono e non si sentono. Ma dentro di noi dove? E cosa ci passa dentro? Acqua? Aria? Atomi? Puntine da disegno?

– Palline, – la incalzò la Carriera, – come in quei giochi scemi per bambini. Infili una pallina qua l'altra là e quelle corrono nei due tubicini come criceti.

Il prof se ne stava immobile con le mani sugli occhi, come chi vorrebbe piangere e non ha lacrime.

– Ci scusi, prof, – timidamente Bencivieni, – eravamo parecchio disattenti, però anche lei, è lunedí, lo sa? E ci piomba qui con una lezione di idraulica! Ci potrebbe ripetere, cioè meglio, riassumere, il suo capolavoro dialettico espresso or non è guari?

Lo fece.

– Lei ci chiede cosa si muove dentro queste spirali, – domandò Sanzio, – ma noi non sappiamo nemmeno a cosa servano. Uno entra in classe con la segreta speranza di affrontare l'esegesi della *Vispa Teresa* e si ritrova immerso senza preavviso non nella solita giornata di follia, ma nella follia ipsa in persona.

Fuori cinguettavano gli uccellini e passavano belle mammine con figli a traino.

– Non si esce oggi? – butto lí Vecellio.

– Oggi non abbiamo il permesso.

Qualche istante di silenzio.

– Bene, – riprese, – ve la renderò piú facile, – e si avviò alla lavagna. Naturalmente non c'erano gessi, l'ultimo pezzetto lo aveva appena usato. I gessi se li mangiano di notte gli alieni che poi si travestono da professori e inventano spirali. Ne tirò fuori uno dalla tasca, forse un avanzo. E scrisse:

⏑ –́   –́ ⏑

– Questo passa nelle spirali, – chiuse laconico, come avesse rivelato il quarto segreto di Fatima. Sapevamo cos'erano. Erano due piedi metrici, un giambo e un trocheo[1]. Ma la faccenda appariva ancora molto oscura.

– Semplifichiamo, – riprese, – vedete, è come se in noi, noi uomini, ci fossero due strade, due percorsi emotivi. Nel primo scorre Pathos 1, nell'altro Pathos 2, a seconda del nostro modo di vivere le passioni. Se le esterniamo o le subiamo. Il percorso giambico è sfrenato, compulsivo, aggressivo, dinamico, esprime tensione, ricerca, proiezione, avventura. Un esempio?[2].

⏑	–́	⏑	–́	⏑	–́	⏑	–́	⏑	–́	⏑
ma	cor	re	cor	re	la	lo	co	mo	ti	va

[1] Giambo, da ἰάπτω, in latino *iacto*, getto, scaglio. Trocheo, da τρέχω, corro.
[2] Naturalmente il trimetro giambico ha una sillaba in piú dell'endecasillabo.

Salta, saltella, s'inerpica dal basso verso l'alto, ripiomba e risale, ci dà un senso di partecipazione collettiva in un andirivieni di attese.

Pathos 1 è solare:

∪	∠	∪	∠	∪	∠	∪	∠	∪	∠	∪
nel	mez	zo	del	cam	min	di	no	stra	vi	ta

Ogni sillaba è una premessa muta alla successiva sonora, c'è una continua escalation:

∪	∠	∪	∠	∪	∠	∪	∠	∪	∠	∪	∠	∪
do	v'e	ra	l'om	bra or	sé	la	quer	cia	span	de	mor	ta

Pascoli. Ci sentite dentro un turbamento, un filo d'ansia, la voglia di schizzare da una bottiglia troppo stretta; uno stato d'animo (e l'avevo già detto) teso, prorompente in poesia e in canto, ha bisogno di esprimersi cosí, in accelerazione, è un ritmo inventato da Archiloco, da Ipponatte, è un ritmo «ascendente».

– Lei ci sta dicendo, comincio a capire, che in noi scorrono come due fiumi e che quello giambico è impetuoso, frenetico, d'assalto?

– Sí, ma non sempre. Piú precisamente è vivo, reale, tanto vero che i dialoghi delle tragedie e delle commedie sono appunto in trimetri giambici. Quanto a correre lo può fare anche di piú. Guardate cosa succede con gli anapesti[3] (∪∪∠), che poi sono giambi allungati, l'esatto contrario dei dattili[4] (∠∪∪):

∪	∪	∠	∪	∪	∠	∪	∪	∠	∪	∪	∠	∪
e	vo	la	vo	vo	la	vo	fe	li	ce	piú	in al	to

[3] Anapesto, da ἀναπαίω, butto avanti, in fondo.

[4] Dattilo, cioè dito, perché il tempo si misura battendo tre dita: pollice (forte), indice e medio.

∪ ∠ ∪ ∪ ∠ ∪ ∪ ∠
del so le an co ra piú su ·

oppure:

∪ ∪ ∠ ∪ ∪ ∠ ∪ ∪ ∠ ∪ ∪ ∠
io mi chia mo pa squa le ca fie ro e son

∪ ∪ ∠ ∪ ∪ ∠ ∪ ∪ ∠
bri ga die re del car ce re oi né

Cosa ci dice tutto questo? Ché non siamo certo qui per pappagallare accenti inutili che poi greci e latini non pronunciavano. Ci dice che la poesia imita i moti dell'anima, che le sillabe, le parole riproducono le tensioni alte o basse, positive o negative che abbiamo dentro. Nessun andamento ritmico è casuale, alla «come viene viene». Ogni frenata, ogni spinta segue, *patefacit*, il colore delle passioni che ci agitano. Non per niente Archiloco, che del giambo è maestro, dice: «Segui il ritmo del cuore». Ora, in una successione in cui si batte dopo una sillaba atona (∪ ∠), e la breve è atona, si esprime ciò che dal tuo io va verso o contro il mondo. Pathos 1 è estroversione.

– E Pathos 2 sarebbe il contrario? – domandò Zorzi.

– Non sempre, ma quasi. Quando l'appoggio, quindi la forza, è sulla prima sillaba (∠ ∪ ∠ ∪ ∪), dopo non puoi altro che scendere ed è come ripiegarti, meditare, esprimere un dubbio, un rimpianto, una nostalgia.

∠ ∪ ∠ ∪ ∪ ∠ ∪ ∠ ∪ ∠ ∪
sem pre ca ro mi fu quest' er mo col le

In realtà in una serie di trochei il ritmo, pur calando, è veloce. Nei dattili è lento perché i dattili hanno appoggi piú distanti l'uno dall'altro. Gli appoggi (per noi gli accenti) sono comunque sempre all'inizio del piede...

– Ma scusi, prof, cos'è un piede? – Sanzio.

– Adesso me lo chiedi? Dopo tutti questi anni? Il piede è un'unità metrica. Noi stiamo parlando dei principali: il trocheo (∠∪), lo spondeo[5] (∠–), il dattilo (∠∪∪), l'anapesto (∪∪∠), il giambo (∪∠), ma ce ne sono altri. Per parafrasare quello che ha detto la Carriera, quando una pallina nera passa nella spirale bianca vengono fuori versi misti, ibridi, che si chiamano logaedici, cioè recitati e cantati. Ma non complichiamo le cose, accontentiamoci. L'andamento di Pathos 2 è a singhiozzo, a strattoni, incerto: esprime l'intimo goccia a goccia. Pathos 2 è persino mistero, oscurità, premessa a una confessione. Qui è il mondo che s'intrufola nell'io, lo agita, lo strapazza, lo estasia:

∠	∪	∪	∠	∪	∠	∪	∠	∪	∠	∪
tan	to	gen	ti	le e	tan	to o	ne	sta	pa	re

o in Modugno:

∠	∪	∪	∠	∪	∪	∠	∪	∪	∠	∪	∪	∠
pen	so	che un	so	gno	co	sí	non	ri	tor	ni	mai	piú

che è tutto dattili e trochei. Completamente diverso dalla serie di anapesti che vi ho detto prima:

∪	∪	∠	∪	∪	∠	∪	∪	∠	∪	∪	∠	∪
e	vo	la	vo	vo	la	vo	fe	li	ce	piú in	al	to

∪	∠	∪	∪	∠	∪	∪	∠
del	so	le	an	co	ra	piú	su

Insomma quando Modugno esprime una riflessione discorsiva usa come prima un verso Pathos 2, ma quando libera tutta la sua gioia deve spostare gli accenti in fondo, in salita, e lo fa con gli anapesti.

[5] Ritmo tipico nelle libagioni in tempo di pace (σπονδή, tregua, pace).

E per ribadire il concetto torniamo a Dante: l'ultimo verso dell'*Inferno* è come un sospiro di sollievo ed è quindi giambico:

/ / / / /
e quindi uscimmo a riveder le stelle

Ma se si tratta di contemplazione amorosa, di una sensazione intima, quasi segreta, quando è in gioco Beatrice il ritmo torna discendente, tutti trochei tranne il dattilo iniziale.

´ ∪ ∪ ´ ∪ ´ ∪ ´ ∪ ´ ∪
tan to gen ti le e tan to o ne sta pa re

– Ma questa successione, diciamo cosí, emotiva, c'è anche in musica? – propose la Morisot.

– Non solo. Anche nella danza. In musica l'appoggio, per intenderci la nota da tenere, la lunga in poesia, prende il nome di «battere», la nota atona quello di «levare». Per inciso il tempo di valzer lo dà una sequenza di dattili, il rock di giambi. Ma ci sono eccezioni. Tutto questo ambaradan, questo andar su e giú, viene dai tempi della danza, anzi dal movimento del piede nella danza. Nel coro danzante della tragedia poggiare il piede si chiamava θέσις, corrispondente al «battere» musicale. Il sollevamento invece era l'ἄρσις, ovvero il «levare». E anche qui, siccome i moti dell'anima sono simili per ogni arte, iniziare battendo o non battendo la terra indicava in quale delle due spirali emotive ci si andava a cacciare.

Riafferrò il gessetto.

– Insomma lo schema è questo:

POESIA		MUSICA		DANZA
TONICA	→	BATTERE	→	THESIS
ATONA	→	LEVARE	→	ARSIS

E giú il gessetto.

No, non era stata una lezione di metrica, la metrica gli era servita da pretesto. Aveva voluto dirci che non c'è casualità, artificio, o sovrastruttura intellettuale nella forma poetica. Il ritmo e i toni rispecchiano l'anima. Non si canta la morte ridendo, non si piange quando torna un amico. Il riso e il pianto sono in sé istintivi, ma quando li devi descrivere, trasmettere ad altri, dai nervi passano all'intelligenza e l'intelligenza si fa sentimento e li propone, li espone, con le pause e le ripartenze, gli acuti e i gravi della parola scritta, della parola cantata: l'intelligenza incanala l'emozione nella spirale che le compete e poi si fa da parte, si sposta, abbandona il suo regno che è quello del capire e lascia spazio all'altro regno, quello del sentire. E noi avevamo capito e sentito.

Allora, all'improvviso, perché eravamo pure curiosi e parecchio figli di buona donna, non ricordo piú chi gli chiese:

– Ma qual è per lei il piú bel verso che sia mai stato scritto?

– Bellissimo è un verso del IV libro delle *Georgiche* di Virgilio: la natura che piange nello scorrere di un fiume, «Eurydicen toto referebant flumine ripae». I grandi poeti navigano la nostalgia; cosí Orazio nelle *Epistole*: «Torna indietro non appena ti accorgi che le cose perdute valgono piú di quelle desiderate» o, insuperabile, Dante: «Era già l'òra che volge il disío ai navicànti e 'ntenerísce il core». Ma il piú bello in assoluto è un verso intraducibile. Devi lasciarlo lí e contemplarlo nella sua fissità. Non c'è parola d'altra lingua che possa spiegare.

– E quale sarebbe?

– «Fulsēre quondam candidi tibi soles».

– Ah, Catullo, ma è facile!

– No. È impossibile. Comunque lo giri, e ci hanno provato in tanti, ne vien fuori un aborto. Non puoi tradurre contemporaneamente la nostalgia, il rimorso, la commiserazione di sé, quando è passato quel «quando», e insieme la metonimia dei soli che diventano giorni, lo strapotere della luce, fuori nel creato, dentro nell'anima, nel sesso, il candore che permea l'aria ma soprattutto la *fides*, il giuramento, lo specchio in cui si guarda e si dà del tu, il biancore di allora che lo acceca oggi, l'addio a un *quondam* che non è piú nel tempo, ma nel cervello e nelle membra, e insieme la presa in giro di sé. E la spina dell'altro accanto a lei che ti spezza il cuore. Tutto questo Catullo l'ha detto in cinque sole parole e in ognuna c'è tutto questo. La poesia, ragazzi, non è una formula chimica, non sintetizza, non chiude, allarga, evade, sfugge, disintegra l'attimo e lo sparpaglia per l'universo: una parola, ogni parola, è un codice d'infiniti mondi, fuori dal tempo, i tempi tutti li contempla. Questo immenso verso, ragazzi, è un coliambo. Catullo ha riso di sé, ha voluto uscire dalla metrica, ha sostituito l'ultimo piede giambico con un trocheo, l'ha fatto inciampare, lo ha azzoppato. È stato come darsi del fallito, manco piú poeta sei, manco sai piú tenere il ritmo, sei un povero buffone[6]. Intraducibile, come far finire in farsa un amore che è tragedia.

[6] Per la verità il coliambo o giambo zoppo non è uno sgorbio o un errore ma una splendida invenzione di Ipponatte. Qui Catullo si sta prendendo in giro.

Per questo e qualcos'altro il giorno che ci salutammo, a parte la canzone e la vergognosa pantomima da *Addio Mr. Chips!*, gli scrivemmo sulla lavagna:

FULSĒRE QUONDAM INSANI NOBIS SOLES

Un po' tirata la metrica, d'accordo, però quelle furono proprio *insani soles*, splendide giornate di follia.

Nota sui personaggi

	Le studentesse-pittrici
CARRIERA	Rosalba Carriera, 1675-1757
DE LEMPICKA	Tamara de Lempicka (*pseud. di* Maria Gurwik-Górska), 1898-1980
FONTANA	Lavinia Fontana, 1552-1614
GALIZIA	Fede Galizia, 1578-1630
GENTILESCHI	Artemisia Lomi Gentileschi, 1593-1653
KAHLO	Frida Kahlo (*pseud. di* Magdalena Carmen Frida Kahlo y Calderón), 1907-1954
MORISOT	Berthe Marie Pauline Morisot, 1841-1895
	Gli studenti-pittori
ALLEGRI	Antonio Allegri (*detto* Correggio), 1489?-1534
BENCIVIENI	Bencivieni di Pepo (*detto* Cimabue), 1240-1302
MAZZOLA	Girolamo Francesco Maria Mazzola (*detto* Parmigianino), 1503-1540
MERISI	Michelangelo Merisi (*detto* Caravaggio), 1571-1610
NEGRETTI	Jacopo Negretti de Lavalle (*detto* Palma il vecchio), 1480?-1528
ROBUSTI	Jacopo Robusti (*detto* il Tintoretto), 1518-1594
SANZIO	Raffaello Sanzio (*detto* Raffaello) 1483-1520
VECELLIO	Tiziano Vecellio (*detto* Tiziano), 1490-1576
ZORZI	Giorgio Zorzi (*detto* Giorgione o Giorgio da Castelfranco), 1478?-1510

Per ognuna e ognuno c'è nel libro un cenno a una loro opera o un indizio che ne rivela l'identità.

Fonti

Nelle pagine di questo libro ci sono alcune citazioni che vengono liberamente dalla mia memoria. Poiché negli anni certi testi sono andati smarriti, non ho potuto recuperarne gli editori e i traduttori. Me ne scuso con loro e con i lettori.

Altrove nel testo, eventuali imprecisioni sono da attribuire alla memoria e alla creatività del Professore.

I versi in epigrafe sono tratti da *Canzone per Sergio*, testo e musica di Roberto Vecchioni. © 1977 by Warner Chappell Music Italiana S.r.l.

La citazione a p. 21 è tratta da Cesare Pavese, *Dialoghi con Leucò*, Torino, Einaudi 2020.

La prima poesia citata a p. 77 («A volte Dio») è tratta da Alda Merini, *Fiore di poesia*, Einaudi, Torino 2014.

La seconda poesia citata a p. 77 («I poeti temono di offendere iddio») è tratta da Alda Merini, *La terra santa 1980-1987*, Scheiwiller, Milano 1996.

La terza poesia citata alle pp. 77-78 («Abbi pietà di me che sto lontana») è tratta da *Il suono dell'ombra*, di Alda Merini © 2015 Mondadori Libri S.p.A., Milano, per gentile concessione dell'Editore.

La poesia citata alle pp. 79-80 è tratta da Merini, *Fiore di poesia* cit.

I frammenti di Saffo citati a p. 81 sono tratti da *Lirici greci, tradotti da Salvatore Quasimodo* © 2018 Mondadori Libri S.p.A., Milano per gentile concessione dell'Editore.

La poesia alle pp. 83-84 è un inedito di Alda Merini.

La poesia di Arthur Rimbaud alle pp. 114-15 è *Il dormiente della valle*, da Id., *Opere*, a cura di Gian Piero Bona, Einaudi, Torino 1990.

Il titolo del racconto a p. 163, *L'amore che strappa i capelli*, ripreso poi alle pp. 179-80, è un verso tratto da *La canzone dell'amore perduto*, testo e musica di Fabrizio De André. © 1968 Edizioni Leonardi S.r.l. - Milano, La Cascina Edizioni Musicali.

La prima citazione a p. 170 è tratta da Edgar Lee Masters, *Antologia di Spoon River*, a cura di Fernanda Pivano, Einaudi, Torino 2014, p. 163.

La seconda citazione a p. 170 è tratta da *Un malato di cuore*, testo di Fabrizio De André e Giuseppe Bentivoglio; musica di Fabrizio De André e Nicola Piovani. Copyright © 1971 by Universal Music Publishing Ricordi S.r.l. *Tutti i diritti riservati per tutti i Paesi.* Riprodotto per gentile concessione di Hal Leonard Europe S.r.l.

La terza citazione a p. 170 è tratta da *Il suonatore Jones*, testo di Fabrizio De André e Giuseppe Bentivoglio; musica di Fabrizio De André e Nicola Piovani. Copyright © 1971 by Universal Music Publishing Ricordi S.r.l. *Tutti i diritti riservati per tutti i Paesi.* Riprodotto per gentile concessione di Hal Leonard Europe S.r.l.

Le citazioni alle pp. 178 e 181 sono tratte da *La canzone di Marinella*, testo e musica di Fabrizio De André. © 1968 Edizioni Leonardi S.r.l. - Milano, La Cascina Edizioni Musicali.

La prima citazione a p. 179 è tratta da *Preghiera in gennaio*, testo di Fabrizio De André, musica di Fabrizio De André e Gian Piero Reverberi. Copyright © 1967 by Universal Music Publishing Ricordi S.r.l. *Tutti i diritti riservati per tutti i Paesi.* Riprodotto per gentile concessione di Hal Leonard Europe S.r.l.

La seconda citazione a p. 179 è tratta da *Un ottico*, testo di Fabrizio De André e Giuseppe Bentivoglio; musica di Fabrizio De André e Nicola Piovani. Copyright © 1971 by Universal Music Publishing Ricordi S.r.l. *Tutti i diritti riservati per tutti i Paesi.* Riprodotto per gentile concessione di Hal Leonard Europe S.r.l.

Il verso citato a p. 190 è tratto da *La locomotiva*, testo e musica di Francesco Guccini. Copyright © 1972 by EMI Music Publishing Italia S.r.l. *Tutti i diritti riservati per tutti i Paesi.* Riprodotto per gentile concessione di Hal Leonard Europe S.r.l.

Il verso citato tra le pagine 191-92 e il secondo e terzo verso citati a p. 193 sono tratti da *Nel blu dipinto di blu*, parole di Domenico Modugno - Franco Migliacci; musica di Domenico Modugno. © Copyright 1958 by Edizioni Curci S.r.l. - Milano.

Il secondo verso citato a p. 192 è tratto da *Don Raffaè*, testo di Fabrizio De André e Massimo Bubola; musica di Fabrizio De André e Mauro Pagani. Copyright © 1990 by Macú Edizioni Musicali Sas di Mauro Pagani & C. / Nuvole Sas / Universal Music Publishing Ricordi S.r.l. *Tutti i diritti riservati per tutti i Paesi.* Riprodotto per gentile concessione di Hal Leonard Europe S.r.l.

Ringraziamenti

Un grazie a Giulia Zagrebelsky per la meticolosa rivisitazione storica, lessicale, poetica e per le correzioni e variazioni proposte.

Un grazie ad Arnoldo Mosca Mondadori e ad Alberto Casiraghy per alcuni degli aneddoti su Alda Merini che ho fatto miei.

Un grazie a Mauro Bersani per la traduzione in milanese.

Indice

Stampato per conto della Casa editrice Einaudi
presso ELCOGRAF S.p.A. - Stabilimento di Cles (Tn)
nel mese di ottobre 2020

C.L. 24809

Ristampa							Anno			
0	1	2	3	4	5	6	2020	2021	2022	2023